ऑरेंज बार पिंघलती रही

ऑरेंज बार पिघलती रही

रश्मि रविजा

प्रलेक प्रकाशन प्रा. लि.
Pralek Prakashan Pvt. Ltd.
in Associaton with JVP Publication Pvt. Ltd.

ISBN : 978-93-90500-43-7

पहला पेपरबैक संस्करण : मार्च 2021

प्रकाशक :
प्रलेक प्रकाशन प्राइवेट लिमिटेड
PRALEK PRAKASHAN PVT. LTD.

वितरक :
जेवीपी पब्लिकेशन प्राइवेट लिमिटेड
JVP PUBLICATION PVT. LTD.
602, आई-3, ग्लोबल सिटी
विरार (वेस्ट), मुम्बई, महाराष्ट्र-401303
दूरभाष : 9833402902 / 7021263557
Email : pralek.prakashan@gmail.com
Website : www.pralekprakashan.com

ऑरेंज बार पिंघलती रही : रश्मि रविजा
Orejabaar Pinghalatee Rahee : Rashmi Ravija

आवरण : जेवीपी पब्लिकेशन प्रा.लि.
पुस्तक सज्जा : प्रलेक प्रकाशन प्राइवेट लिमिटेड

'हमारे माता-पिता जिनकी वजह से हमारा वजूद है,
हमारे जीवन साथी जिनका हमें साथ मिला,
हमारे इष्ट मित्र जिनके कारण जिंदगी
का हर लम्हा गुलजार है,
उन सबको समर्पित है
हमारी ये कृति।'

संपादकीय

बासंती बयार और गुनगुनी धूप वाली उम्र में जब आसमान करीब लगता है, धूप नहलाती हुई और हवा सहलाती हुई सी प्रतीत होती है, कई सपने आँखों में पलने लगते हैं। फिर धीरे-धीरे जमीनी हकीकतें अपनी गिरफ्त में ले लेती हैं और सपनों का आसमान दूर होने लगता है। पर कुछ लोग होते हैं जो सिर्फ सपने देखते ही नहीं, उन्हें अपने सपनों पर अटूट विश्वास भी होता है। वे सारे कर्त्तव्यों का वहन करते हुए भी इस सपने की जोत को हृदयतल में सदा प्रज्वलित रखते हैं।

कुछ ऐसा ही करिश्मा किया है, इन पाँच सहेलियों ने। इसी बासंती उम्र में कॉलेज में कदम रखा। साहित्य के प्रति अनुराग और पढ़ने-लिखने में समान रुचि ने उन्हें एक दूसरे के करीब ला दिया। कहानियाँ-कविताएं पढ़ी और लिखी जाने लगीं। कॉलेज की सीढ़ियाँ चढ़ते-उतरते, कैंटीन में, कॉलेज के लॉन में, खाली क्लास रूम में एक-दूसरे को अपना लिखा सुनाते-सीखते-गुनते, एक दूसरे की हौसला अफजाई करते, इनके मन में एक सपना पलने लगा कि हम पंच कन्याओं का कभी एक साझा संग्रह होगा। वो सपनीली आंखों वाली, ख्वाब बुनने वाली उम्र थी। कुछ दिनों बाद सांसारिक ताने-बाने में जिन्दगी उलझ गई। पर इन सहेलियों ने अपने सपने की लौ मद्धम नहीं होने दी। इस लौ को अपने हृदय के कोने में सदा प्रज्वलित रखा और अनुकूल समय आते ही इस जोत से सपने के कई दिए जला एक ही मुंडेर पर सजा दिये। इन दियों की झिलमिल रोशनी ने कहानियों के रूप में समाज के कोने कतरे में सिमटे अनदेखे-अनजाने सच पर प्रकाश डाल कर हम सबके सम्मुख प्रस्तुत कर दिया है।

इन कहानियों से गुजरते हुए पाठकों को यह अहसास होगा कि संवेदनशील हृदय वाली लेखिकाओं के पास सिर्फ समाज के विभिन्न पहलुओं पर नजर डालने की सजग दृष्टि ही नहीं, उनमें विद्यमान विसंगतियों को समझने की गहरी समझ भी है। कहानियाँ यथार्थ के धरातल पर बुनी गई हैं पर उन रेशों में ममत्व और प्यार की पुलक भी सिमटी हुई हैं। कहानियों में हमारे आस-पास

बहते जीवन का अक्स परिलक्षित होता है।

'जया आंनद' की कहानियों में एक तरलता है। वे अपने साथ पाठकों को बहा ले जाती हैं और एक खुशनुमा अहसास मन को आच्छन्न कर लेता है। 'मॉरीशस किनारे' ऐसी ही प्यारी-सी कहानी है जहां प्यार मद्धम आँच पर सिंक कर पुख्ता होता है। नायक-नायिका एक-दूसरे के प्रति गहरा आकर्षण महसूस करते हैं पर अपनी भावनाएं व्यक्त करने के लिए अधीर नहीं हैं।

'प्यार है नाम तुम्हारा' निश्छल दोस्ती की महक से सराबोर है। कहानी में जीवन में मुस्कान की महत्ता स्थापित होती है। संकट के बादल कितने भी गहरे हों, मुस्कान रूपी हवाएं उन्हें उड़ा देती हैं और यह कोशिश किसी खास का भी मन मोह लेती है।

'कभी नीम कभी शहद' में हर मध्यमवर्गीय नवविवाहिता अपना प्रतिबिंब देख सकती है। सासू माँ का सख्त रवैया परेशान करता है पर इस सख्त आवरण के नीचे स्नेह भरे हृदय की झलक मन भिगो देती है।

'ऑरेंज बार पिघलती रही' और 'कोशिश' कहानी सबके दिलों में एक कसक पैदा कर देगी। पाठकों को कॉलेज के वे छूटे गलियारे, वो सीढ़ियां, वो लॉन, कैंटीन के चाय-समोसे बेतरह याद आयेंगे। पहली कहानी छात्र-जीवन के उन बेफिक्री भरे दिनों में ले जाती है तो दूसरी प्राध्यापकों की जिम्मेवारियों से परिचित करवाती है। शायद कहानी से प्रेरित हो, पाठक भी अपने कॉलेज के दोस्तों को ढूंढने की कवायद में लग जाएं।

रंजना जायसवाल ने अपनी कहानियों के जरिये समाज में व्याप्त विसंगतियों और विद्रूपताओं पर व्यापक रौशनी डालने का प्रयास किया है। ये कहानियाँ पुरानी असंगत सामाजिक मान्यताओं को सिर्फ नकारती ही नहीं बल्कि जीवन को एक नई दिशा दिखलाने की कोशिश भी करती हैं। 'अंतिम इच्छा' की नायिका पुराने रिवाजों के अनुसार समाज और परिवार के निर्देश के आगे सर नहीं झुकाती बल्कि अपने जीवन का निर्णय स्वयं लेती है।

'रुक जाना नहीं' कहानी में गलित मानसिकता के एक राक्षस के जघन्य अपराध का शिकार हो जाने के बाद भी नायिका सिर्फ रोती-बिसूरती ही नहीं बैठी रहती। अपना दु:ख समेट कर आत्मविश्वास से एक नई शुरुआत करती है जो ऐसी स्थितियों से गुजरती लड़कियों की प्रेरणा बन सकती है।

'महकते रिश्ते' एवं 'समर्पण का सुख' कहानी की मिठास मन में देर तक घुली रह जाती है। रिश्तों की खूबसूरती नए ढंग से परिभाषित हुई है।

'स्टेट्स' कहानी के जरिये लेखिका ने समाज में व्याप्त कृत्रिमता पर तीखा कटाक्ष किया है, जहाँ शान-औ-शौकत से भरपूर, चमक-दमक वाले

समारोह में मेहमान उपेक्षित महसूस करते हैं वहीं सादे से समारोह में उन्हें भरपूर अपनापन मिलता है।

सीमा सिंह की कहानियाँ मन में एक छटपटाहट भर देती हैं। जिस तरह की उथल-पुथल और सामाजिक वैमनस्यता समाज में फैली हुई है। एक संवेदनशील इंसान गहराई से महसूस करता है पर कुछ कर पाने में खुद को विवश पाता है। 'आवाजें' कहानी भीतर तक मथ जाती है। जहाँ एक निर्दोष संवेदनशील इंसान को ही व्यवस्था बलि का बकरा बना देती है और अपराधी स्वच्छंद घूमते रहते हैं।

'चिलबिल का पेड़' निर्दोष बचपन को याद दिलाती एक मासूम-सी कहानी है पर उसका अंत समाज के भीतर व्याप्त धर्मान्धिता की परतें खोल देता है।

गीता द्विवेदी ने अपनी कहानियों में स्त्री जीवन की विवश मजबूरियों को उकेरा है। सपने देखने का हक सबको होता है पर अधिकाँश घरों में शादी के बाद बहू के सपने, सास-ससुर की रजामंदी के मोहताज हो जाते हैं।

'लिस्ट' कहानी में यही दर्द उभर कर आया है। बहू जब तक सास-ससुर के इच्छानुसार चलती रही, उनकी लाड़ली बनी रही पर जैसे ही अपने सपने पूरे करने की तरफ कदम बढाये, वे स्नेहिल सास-ससुर परम्परागत ढाँचे में ढल गए।

'कोहिनूर' एक शिक्षाप्रद कहानी है। लोगों की मनाही के बाद भी अपने दिल की सुनकर संकट में किसी की सहायता करने वाले लोग समाज के कोहिनूर सरीखे हैं।

अर्चना गुप्ता की कहानियों में स्त्री के मन का द्वंद्व बहुत अच्छी तरह उभर कर आता है। 'मृगतृष्णा' कहानी की तरह बहुत सारी स्त्रियाँ घर और नौकरी के बीच चुनाव के ऊहापोह से गुजरती हैं। निराश भी होती हैं पर फिर उनका मन ही उन्हें नई दिशा दिखलाता है।

'बंधन' कहानी स्त्री की चट्टान-सी दृढ़ता दर्शाती है। फूलों की पंखुड़ियों-सा प्यार से सहेजा जीवन भी जरूरत पड़ने पर कठिन परिस्थितियों का बहुत हौसले के साथ सामना करता है।

सभी लेखिकाओं पर सरस्वती माँ का वरदहस्त बना रहे। वे यूँ ही रचती रहें और अपने सपने साकार करती रहें...अशेष शुभेच्छाएं!!

-रश्मि रविजा

दो शब्द

राहें अलग-अलग हों, दिशाएं पृथक-पृथक हों, मंजिल का पता भी भिन्न-भिन्न हो पर फिर भी एक तन्तु, एक तरंग बाँध सकती है सबको। वो तंतु, वो तरंग है सच्चा निच्छल स्नेह जो अनुभूत होता हुआ अभिव्यक्त होता रहा और सदैव प्रवहमान रहा हम सबके बीच। हम सब यानी हम सारे विश्वविद्यालय के मित्र।

बीस साल पहले कभी हमने एक सपना देखा था कि हम सब की लेखनी से सजी, विचारों से पोषित होगी एक किताब हो...यों तो बहुत किताबें हैं दुनियां में पर ये किताब हमारे लिए विशेष है क्योंकि इसका हर पृष्ठ हमारी बीस वर्ष पुरानी मित्रता के निर्मल भाव को समेटे हुए है। उस भाव में वो स्मृतियाँ हैं जो लखनऊ विश्वविद्यालय के गलियारे से गुजरी हैं, हिंदी साहित्य की कक्षाओं में गूंजी हैं, साहित्य उत्सवों में संवरी हैं। उस भाव में सहजता है, गुलमोहर की छांव है, अमलतास के फूलों की खुश्बू है। उस भाव की निर्मल गंगा हमारी विश्वविद्यालय की सीढ़ियों से प्रवाहित होती रही है, वाटिका का सिंचन करती हुई हमारे हृदय को भी तरल करती रही है और उसी तरलता के कारण विपरीतताएँ भी हम मित्रों को अलग नहीं कर सकीं।

स्वान्तः सुखाय लिखा गया हम मित्रों का यह साझा कहानी संग्रह पाठको को भी रुचिकर लगेगा क्योंकि इसमें भाव पक्ष की प्रधानता है। इसमें कहीं युवावस्था के भाव मिलेंगे, कहीं रिश्तों की गरमाहट मिलेगी, कहीं अनुभवों की गठरी खुलेगी, कहीं प्रेम की बारिश से मन भीगेगा, कहीं स्त्री मन की पीड़ा रुलायेगी तो कहीं सामाजिक विद्रूपताएं नजर आएंगी। ये सभी भाव हम मित्रों ने सहृदयता से कथानक में पिरोएं हैं...कहते हैं सजल, उज्ज्वल निश्छल भाव सहित किया गया कार्य सदैव सफल होता है। इसी शुभेच्छा के साथ।

-डॉ. जया आनंद, डॉ. रंजना जायसवाल, डॉ. गीता द्विवेदी
सीमा सिंह, अर्चना गुप्ता

परिचय

रश्मि रविजा

शिक्षा : राजनीति शास्त्र में एम.ए.।

लेखन : 'काँच के शामियाने' उपन्यास को महाराष्ट्र साहित्य अकादमी का प्रथम पुरस्कार प्राप्त।
'बन्द दरवाजों का शहर' एक कहानी संग्रह एवं 'खुसरो दरिया प्रेम का', 'वारिसों की जुबानी', 'इन्नर' साझा कथा-संग्रह प्रकाशित। विभिन्न राष्ट्रीय पत्र-पत्रिकाओं में कहानियाँ एवं आलेख प्रकाशित। आकाशवाणी मुम्बई से कहानियों और वार्त्ताओं का नियमित प्रसारण। विविध भारती, गोल्ड एफ.एम. एवं बिग एफ.एम. से कहानियाँ प्रसारित।

डॉ जया आनंद

जन्मस्थान : सहरसा (बिहार)

शिक्षा : एम.ए., बी.एड., पी-एचडी (हिंदी साहित्य, लखनऊ विश्वविद्यालय)
जनसंचार एवं पत्रकारिता में पीजी डिप्लोमा (लखनऊ)

माता : डॉ. कोशी सिन्हा (पूर्व प्रवक्ता, लेखिका)

पिता : श्री जयकृष्ण सिन्हा (चीफ स्टैंडिंग कॉउंसिल, लखनऊ हाईकोर्ट)

शोध कार्य : आधुनिक काव्य में सामाजिक प्रेरक तत्व

अध्यापन : सम्प्रति बी.एम.एम. विभाग (सी.एच.एम. कॉलेज, मुम्बई)
दस वर्ष अध्यापन हिंदी विभाग (जेविएम कॉलेज, नवी मुम्बई)

प्रकाशन : विविध भारती, मुम्बई आकाशवाणी, दिल्ली आकशवाणी से कहानी एवं साहित्यिक कार्यक्रम का नियमित प्रसारण, रूपक एवं सरदार पटेल पर आधारित कार्यक्रम का आकाशवाणी से राष्ट्रीय प्रसारण, लखनऊ दूरदर्शन से सांस्कृतिक कार्यक्रम का राष्ट्रीय प्रसारण, लखनऊ आकाशवाणी से परिचर्चा वार्ताओं का प्रसारण।

पुरवाई, हिंदुस्तान टाइम्स, दैनिक जागरण, अटूट बन्धन, लेखनी, परिवर्तन जैसी अंतरराष्ट्रीय और राष्ट्रीय पत्र-पत्रिकाओं, मातृभारती, प्रतिलिपि ई-पटल में प्रकाशन

ब्लॉग : अभिव्यक्ति

अनुदित : तथास्तु 'गाँधीवाद से समृद्धि'

विहंग 'एक साहित्यिक उड़ान' संस्था की संस्थापक सदस्य

दिया फाउंडेशन के ज्ञानसभा जैसे विशिष्ट कार्यक्रमों का संचालन

डॉ. रंजना जायसवाल

जन्म : लखनऊ

माता : श्रीमती चंद्रावती (गृहणी)

पिता : न्यायमूर्ति श्री मुक्तेश्वर प्रसाद

शिक्षा : एम.ए., पी-एच.डी. (हिन्दी साहित्य, लखनऊ विश्वविद्यालय)

शोध कार्य : रासों काव्य में वर्णित कथानक रूढ़ियाँ

प्रकाशन : दिल्ली एफ एम गोल्ड, आकाशवाणी वाराणसी और आकाशवाणी मुंबई संवादिता से लेख और कहानियों का प्रकाशन, पुरवाई, लेखनी, अटूट बंधन, मातृभारती और प्रतिलिपि जैसी राष्ट्रीय और अंतरराष्ट्रीय ऐप पर कहानियों का प्रकाशन, राष्ट्रीय स्तर की पत्र-पत्रिकाओं से लेख और कहानियों का प्रकाशन।'

डॉ गीता द्विवेदी (प्रवक्ता)

जन्मस्थान : लखनऊ (उ०प्र०)

शिक्षा : एम.ए., बी.एड., पी-एचडी

माता : स्व. सुशीला देवी (गृहिणी)

पिता : स्व. रामकेवल तिवारी (भूतपूर्व सैनिक, ए.एम.सी.)

शोध कार्य : अवधी लोकसाहित्य में जातिगत संस्कृति (लोक साहित्य)

अध्यापन : इंटर कॉलेज प्रवक्ता (स्वराज इंडिया पब्लिक स्कूल, कानपुर) आठ वर्ष जागरण इंस्टीट्यूट ऑफ मास कम्यूनिकेशन, कानपुर में अध्यापन (अंशकालिक प्रवक्ता)

विविध भारती, आकाशवाणी लखनऊ एवं लखनऊ दूरदर्शन से साहित्यिक व सांस्कृतिक कार्यक्रम का नियमित प्रसारण।

विविध पत्र-पत्रिकाओं में कहानी, कविता, लेख एवं दोहों का प्रकाशन।

सीमा सिंह

जन्मस्थान : लखनऊ (उत्तर प्रदेश)

शिक्षा : एम.ए., पी-एचडी.
जनसंचार एवं पत्रकारिता में डिप्लोमा
स्वतंत्र भारत एवं हिन्दुस्तान में पेपर में कुछ वर्ष फ्री लांसिग

माता : शान्ति सिंह

पिता : स्व. शिवा नन्द सिंह (पुलिस विभाग, उत्तर प्रदेश)

शोध कार्य : आधुनिक काव्य में कलात्मक सजृन के नये सन्दर्भ

अध्यापन : अवध गर्ल्स डिग्री कॉलेज एवं नेशनल पी जी कॉलेज लखनऊ

प्रकाशन : लखनऊ आकाशवाणी से वार्ताएँ प्रसारित, बहुमत, सृजन सन्दर्भ, कविता विहान और कई ई-पत्रिकाओं में कविता और कहानी का प्रकाशन

अर्चना गुप्ता

जन्म स्थान : लखनऊ

माता : स्व. राम देवी गुप्ता

पिता : स्व. होरी लाल गुप्ता

शिक्षा : एम.ए. (हिंदी साहित्य)

प्रकाशन : राष्ट्रीय पत्र-पत्रिकाओं एवं समाचार पत्रों में ब्लॉग कविताएं व कहानियों का प्रकाशन।
मातृभारती, फलक तथा विश्व हिंदू संस्थान कनाडा जैसी राष्ट्रीय और अंतरराष्ट्रीय एप्स पर कविताएं एवं कहानियों का प्रकाशन।

अनुक्रम

अंतिम इच्छा

✍ डॉ. रंजना जायसवाल

सुबह से यह चौथा फोन था। फोन उठाने का बिल्कुल मन नहीं था पर माँ...माँ समझने को तैयार ही नहीं थी। फोन की घंटियाँ उसके मन-मस्तिष्क पर हथौड़े की तरह पड़ रही थी। अंततः नेहा ने फोन उठा ही लिया।

'हेलो...'

'हाँ माँ बोलो!...'

'बोलना क्या है..घर में सभी तुम्हारे जवाब का इंतजार कर रहे हैं..तुम किसी की बात का जवाब क्यों नहीं देती।'

'माँ!...माँ! इतना आसान नहीं है यह सब...मुझे सोचने का मौका तो दो...।'

नेहा ने बुझे स्वर में कहा...

'सोचना क्या है इसमें...तुम्हारी बहन की अंतिम इच्छा थी...क्या बिल्कुल भी दया नहीं आती तुम्हें...उन बच्चों के मासूम चेहरे को तो देखो।'

'माँ!...मैं समझती हूँ पर...'

'पर क्या...वह सिर्फ तुम्हारी बहन नहीं थी...माँ! की तरह पाला था उसने तुम्हें...आज जब उसके बच्चों को माँ की जरूरत है तो तुम्हें सोचने का समय चाहिए।'

'माँ!...इतनी जल्दबाजी में इस तरह के फैसले नहीं लिए जाते।'

'हमने भी दुनिया देखी है...ठीक है...अगर तुम्हें उन बच्चों की छीछालेदर मंजूर है तो फिर क्या कहा जा सकता है।'

'माँ!...ये क्या बात हुई तुम इस तरह की बातें क्यों कर रही हो...?'

माँ का गला भर आया...

'तुम अभी माँ नहीं बनी हो न...जब माँ बनोगी तब औलाद का दर्द समझोगी। फूल से बच्चे माँ के बिना कलप रहे हैं और तुम हो कि सब दरवाजे बंद करके बैठी हो।'

नेहा का मन खराब हो चुका था...क्या इतना आसान था यह सब। चार

भाई-बहनों में सबसे छोटी थी वो...सबसे छोटी...सबसे लाडली...पर जिंदगी उसे इतने कड़वे और कठिन मोड़ पर लाकर खड़ा कर देगी, उसने कभी नहीं सोचा था।

दीदी की शादी के वक्त महज सत्रह साल की नाजुक उम्र थी उसकी ...दीदी की शादी में पहली बार साड़ी पहनी थी...कितना उत्साह था...जीजा जी का जूते चुराऊंगी...दस हजार से एक रुपये कम न लूँगी...उन्हें खूब तंग करूँगी। जीजाजी उसकी हर शरारत पर मुस्कुरा कर रह जाते...वह सिर्फ उसकी बहन के पति ही नहीं...नेहा की हर बात के हमराज थे। समझदार और सुलझे हुए दामाद को पाकर पूरा परिवार बहुत खुश था। बहुत सारी ऐसी बातें...जो दीदी को भी पता नहीं चल पाती थी...वह जीजा जी से डिस्कस करती थी। जीजा जी के उत्साहित करने पर ही उसने सिविल सर्विसेज की तैयारी करनी शुरू की थी...नहीं तो माँ...के आगे तो वह भी दीदी की तरह मजबूर हो जाती और आज वो भी दीदी की तरह किसी के घर-गृहस्थी देख रही होती।

दीदी पढ़ने में बहुत अच्छी थी...पर बाबा की अंतिम इच्छा का मान रखने के लिए...दीदी बलि का बकरा बन कर रह गई और अचार मुरब्बे और नये-नये पकवानों के अलावा...आगे कुछ भी न सोच सकी।

याद है...उसे आज भी वह दिन...दीदी की कैंसर की रिपोर्ट आई थी... कैंसर थर्ड स्टेज पर था घर में कोहराम मच गया था। माँ का रो-रो कर बुरा हाल था और दीदी दीवार का कोना पकड़े बुत पड़ी थी। नेहा को समझ में नहीं आ रहा था किस-किस को संभाले और क्या समझाएं।

समझते सभी थे...पर झूठी दिलासा एक-दूसरे को देते रहे। प्रवीण जीजा जी का सुदर्शन चेहरा अचानक से बूढ़ा लगने लगा था। अपने जीवन संगिनी की दुर्दशा उन से बर्दाश्त नहीं हो रही थी। कितने सुखी थे वे...राम सीता जैसी जोड़ी थी उनकी...न जाने किसकी नजर लग गई थी उस खुशहाल परिवार पर...।

जीजा जी ने दीदी को बचाने के लिए हर संभव कोशिश की मुंबई...मद्रास कहाँ-कहाँ नहीं दौड़े...किस-किस के आगे हाथ नहीं जोड़ें...पर पत्थर का भगवान भी पत्थर हो चुका था। जीजा जी की आलीशान कोठी, रुपया-पैसा सब धरा का धरा रह गया और दीदी हमें रोता-बिलखता छोड़कर चली गई। इन दिन में उसने इन बीते दिनों क्या-क्या देखा और महसूस किया था...वही जानती थी।

घर मेहमानों और रिश्तेदारों से भरा हुआ था। नन्ही परी माँ के लिए बिलखते-बिलखते नेहा की गोदी में ही सो गई थी। दीदी की चचिया सास कनखियों से नेहा को बार-बार घूर रही थीं।

'बेटा! तुम कौन हो...बहुत देखा-देखा चेहरा लग रहा है।'

नेहा ने परी की तरफ इशारा करके कहा...

'मैं इसकी मासी हूँ...'

चाची जी के चेहरे पर एक रहस्यमयी मुस्कान आ गई। उन्होंने सोती हुई परी के सर पर हाथ फेरते हुए बड़े व्यंग्यात्मक ढंग से कहा...

'हाँ भाई...परी के लिए तुम माऽऽऽसी हो...अब तो तुम ही इसकी?

नेहा गुस्से से तिलमिला गई...चाची के शब्द गले मे अटक कर रह गए। वो परी को लेकर कमरें में चली गई। ये पहली बार नहीं था...इन तेरह दिनों में हर आने-जाने वालों की निगाहों में उसने यही सवाल तैरते देखा था कितना रोई थी वो उस दिन...

'माँ!...दीदी को गए चार दिन नहीं हुए और लोग जीजा जी की दूसरी शादी के बारे में भी सोचने लगे...'

वो माँ के गोद में सर कर रखकर सिसकने लगी,

'ये दुनिया ऐसी ही है...जानती हो आज एक महिला आई थी...शायद तुम्हारे जीजा जी के जानने वालों में थी...मुझ से ही तुम्हारे जीजा जी के लिए अपनी तलाकशुदा बेटी के रिश्ते की बात कर रही थी।'

नेहा आश्चर्य से माँ को देखती रह गई।

'नेहा दुनिया ऐसी ही है...एक अच्छा जीवन जीने के लिए आलीशान मकान, नौकर-चाकर और रुपया-पैसा किसको नहीं चाहिए।'

नेहा का मन खिन्न हो गया, दीदी के सपनों का महल यूँ आहिस्ता-आहिस्ता ढह रह था।

धीरे-धीरे सारे मेहमान चले गए...नेहा भी सामान पैक कर रही थी...तभी परी और गोलू ने आकर चौका दिया...

'मासी आप जा रही हैं...?'

दीदी के जाने के बाद दोनों बहुत अकेले पड़ गए थे।

'हाँ बेटा!...मेरी छुट्टियाँ खत्म हो गई है...ऑफिस भी जाना है न। तुम उदास क्यों हो। हम रोज वीडियो कॉल से बात करेंगे। अपना होमवर्क रोज करना ...परी कल से तुम अपनी कत्थक की क्लास जॉइन करोगी और गोलू तुम भी अपनी कराटे की क्लास जाना शुरू करोगे।'

बच्चे चुपचाप सुनते रहे...दीदी के बच्चे बहुत समझदार और आत्म-निर्भर थे...पर फिर भी...बच्चे ही थे। बच्चे नेहा को छोड़कर चले गए। तभी माँ कमरे में आ गई...

'नेहा!...सामान पैक हो गया...'

'हाँ माँ!...ऑफिस से बार-बार फोन आ रहा...आप कब निकल रहे...'

'तुम्हारे पापा और भैया कल सुबह निकलेंगे। मैं अभी कुछ दिन यही रहूँगी...। बच्चे एकदम अकेले पड़ गए हैं।'

'हम्म...'

नेहा सर झुकाए माँ की बात सुनती रही।

'नेहा तुझसे एक बात कहनी थी...!'

'हाँ माँ! बोलो...सुन रही हूँ।'

माँ झुंझला गई...

'यहाँ मेरे पास बैठो...'

'क्या हुआ माँ...ऐसी भी क्या बात है...'

नेहा के दिमाग मे हजारों सवाल उठ रहे थे। माँ ने नेहा का हाथ अपने हाथों में ले लिया...

'नेहा...तुमसे कुछ भी नहीं छुपा है...इस घर के हालात तुम भली-भांति समझती हो...तुम्हारी दीदी के जाने के बाद हमारी जिम्मेदारी और भी बढ़ गई है ...तुम्हारी दीदी ने मरने से पहले मुझ से एक वायदा लिया था...वो चाहती थी कि उसके मरने के बाद तुम उसके बच्चों की जिम्मेदारी संभालों...तुम...तुम प्रवीण जी से शादी कर लो।'

नेहा छटपटा कर रह गई...

'माँ तुम ऐसा सोच भी कैसे सकती हो...जीजा जी के साथ मेरी...छि... माँ! तुम भी न।'

गुस्से और वितृष्णा से नेहा का चेहरा लाल हो गया।

'नेहा समझने की कोशिश करो...आखिर तुम्हारी भी शादी करनी ही है...देखा-भाला परिवार है। बच्चों को माँ मिल जाएगी...वैसे भी एक लड़की को क्या चाहिए आलीशान घर, नौकर-चाकर, रुपया-पैसा...तुम्हारे पापा की भी यही इच्छा है।'

नेहा आश्चर्य से माँ को देखती रह गई।

'तुमने जीजा से भी एक बार पूछा है...?'

'पूछना क्या है उनके माता-पिता तो है नहीं चाचा-चाची से बात हो गई है...उन्हें भी ये रिश्ता मंजूर है।'

'रिश्ता...?'

नेहा को सारा घटनाक्रम समझ में आ गया।

'माँ!...मैं तुमसे इस बात की उम्मीद नहीं कर रही थी...तुम भी...छि...दीदी की चिता की आग अभी ठंडी भी नहीं हुई और तुम...?'

माँ का चेहरा गम्भीर हो गया...

'हो सकता है आज तुम्हें मेरी बातें अच्छी न लगे...पर तुम्हारी दीदी के जाने के बाद प्रवीण जी और उनके बच्चों की जिम्मेदारी भी मुझ पर है। तुम सोच-विचार कर जल्द मुझे जवाब दे दो...कहते हैं मरने वाले कि अंतिम इच्छा न पूरी की जाए तो उसकी आत्मा को कभी शांति नहीं मिलती...'

अंतिम वाक्य कहते वक्त माँ ने नेहा को अजीब सी निगाहों से देखा। पता नहीं...उन निगाहों में ऐसा क्या था...नेहा उन आँखों मे तैर रहे हजारों सवाल के तीर झेल नहीं पाई और मुँह घुमा लिया।

एक हफ्ते में माँ ने पचासों बार फोन कर दिया था...हर बार एक ही सवाल और नेहा एक ही जवाब देती...

'माँ मुझे सोचने का वक्त दो...'

नेहा हर बार एक ही बात पर आकर अटक जाती...सबको मरी हुई दीदी की अंतिम इच्छा की चिंता है...पर किसी ने एक बार...हाँ सिर्फ एक बार उससे पूछा कि उसकी इच्छा क्या है। मरने वाला तो मरकर चला गया...पर लोग उसे जिंदा लाश बनाने पर क्यों तुले है।

शनिवार की रात थी...इन दिनों वो बहुत व्यस्त रही शारिरिक रूप से भी और मानसिक रूप से भी। सप्ताह भर की दौड़-भाग से शरीर थक कर चूर हो गया था। नेहा हाथ में कॉफी का मग लिए छत पर आ गई। कितने दिनों बाद...हाँ कितने दिनों बाद वो छत पर सुकून के चंद पलों की तलाश में आकर बैठी थी।

आसमान में चाँद...बादलों से लुका-छिपी कर रहा था। वो सोचने लगी बादलों और तारों के बीच रहकर भी चाँद कितना अकेला है...वो भी तो आज कितनी अकेली थी...कोई उसे समझने को तैयार नहीं। किसी ने एक बार भी उसके बारे में नहीं सोचा...सब अपनी जिम्मेदारियों से मुक्त होना चाहते हैं और वो...वो आखिर क्या चाहती हैं।

नेहा सोचती रही...उसकी आँखों के सामने जीजा जी का थका हुआ चेहरा ...परी और गोलू का मासूम चेहरा...तो कभी माँ का गम्भीर चेहरा उभर कर आ जाता। नेहा ने आँखें मूंद ली। आखिर एक लड़की को क्या चाहिए अपनी जिंदगी से...एक खुशहाल परिवार, रुपया-पैसा, घर बस...

बस...बस क्या यही चाहिए था उसे अपनी जिंदगी से। आज अगर वो माँ की बात मानकर शादी कर लें...तो उसे इस रिश्ते से क्या मिलेगा दीदी की परछाई होने का दर्जा...दूसरी पत्नी...दूसरी माँ...नेहा मन ही मन मुस्कुराने लगी...दूसरी माँ नहीं...सौतेली माँ।

लोगों के ताने...समाज का हर कदम पर तुलना...बड़ी बहन ज्यादा सुंदर

थी...दूसरी तो ऐसी ही आएगी। बच्चे पैदा करने की क्या जरूरत है पहली से दो पहले ही है...जिंदगी गुजर जाएगी एक अच्छी माँ बनने और सिद्ध करने में...उसके बाद भी इसकी कोई गारण्टी नहीं कि वो ये सिद्ध कर भी पाएगी या नहीं। प्रवीण की निगाहें हर चीज में...हर रंग में...हर त्योहार में...हर स्वाद में दीदी को ढूढेंगी। तिनका-तिनका जोड़कर अरमानों से सजाया हुए दीदी के उस घर में एक फूलदान सजाने में भी उसके हाथ काँपेंगे। हर पार्टी...हर उत्सव में लोगों की सवालिया निगाहें उसे तार-तार करेंगी...देखने मे तो ठीक लगती है फिर ऐसी क्या गरज पड़ी थी दो बच्चे के बाप से शादी करने की...अकेली आई है या बच्चे भी।

नेहा ने घबराकर आँखे खोल दी और आसमान में तारों के बीच दीदी को ढूंढ़ने लगी...दीदी मुझे माफ कर देना शायद तुम्हें लगे मैं स्वार्थी हूँ पर...मैं इतनी मजबूत नहीं कि जीवन भर लोगों के सवालों का जवाब दे सकूँ...पर मैं आज तुमसे ये वायदा करती हूँ कि एक मासी के तौर पर हमेशा तुम्हारे बच्चों के साथ खड़ी रहूँगी...हफ्तों से घुमड़ते सवालों का मानो उसे जवाब मिल गया था...नेहा माँ को फोन करने के लिए छत से नीचे उतर गई।

❑❑❑

आवाजें

✍ सीमा सिंह

तमाम कोशिशों के बावजूद वह याद नहीं कर सका कि यहाँ कैसे आया। सड़क पर चलते हुए उसने महसूस किया कि सब उससे बड़ी अजीब नजरों से देख रहे हैं। उसे भी ऐसा लग रहा था मानो यह सब कुछ नया हो बिलकुल नया। जैसे किसी अनजान शहर में पहुँच कर लगता है अंजाना अपरिचित वैसा ही। कमरे की कुंडी खोलते हुए उसे लगा कि बहुत सी आँखें उसका पीछा कर रही हैं लेकिन क्यों? क्यों लोग मुझे घूर रहे हैं। उसने खुद से सवाल किया और झटके से पीछे पलटा लेकिन पीछे कहीं कोई भी नहीं सिवाय कुछ मिली जुली आवाजों के।

तभी उसे याद आया कि उस रात कुछ ऐसी ही आवाजें उसने सुनी थीं हाँ ऐसी ही अस्पष्ट धुँधली-सी बेतरतीब आवाजें। वह कमरे के अंदर पड़ी चारपाई पर लेट गया छत पर लटका पंखा धूल से लथ पथ बिलकुल उसी की तरह। उसे महसूस हुआ कि वह प्यासा है बहुत सालों का प्यासा। वह तेजी से उठा और पानी पीने के बजाए बाल्टी भर पानी अपने ऊपर उड़ेल दिया शायद प्यास बुझ जाए पर नहीं पानी से घिरी प्यास का दर्द सिर्फ सागर जानता है। उसका सर जोरों से दर्द कर रहा था कपड़े बदल कर वह फिर लेट गया और आंखें बंद कर ली।

एक लम्बी अंधेरी सुरंग जिसका न कोई आरम्भ न ही अन्त, वह इसी में कहीं भटक रहा था, रौशनी की तलाश में। उस रात अपने कमरे नुमा कोठरी में वह लैम्प की रौशनी में कुछ लिख रहा था कि अचानक एक पत्थर उसकी खिड़की से आकर लगा, वह चौंक गया लेकिन उस पर ज्यादा ध्यान नहीं दिया सोचा किसी ने शरारत की होगी। लेकिन थोड़ी देर बाद एक और पत्थर, इस बार उसे खीज हुई कि कौन ये बार बार खिड़की पर पत्थर मार रहा, वह तेजी से उठा और दरवाजा खोल चौखट पर खड़ा हो गया। उसने इधर उधर देखा लेकिन कहीं कोई नजर नहीं आया सिवाए कुछ कुत्तों के भौंकने की आवाजें के,

जो हर रोज यूँ ही रात के अंधेरे में सुनाई देती थीं। दूर से आती कुछ हल्की गुनगुनी आवाजें भी उस तक पहुँच रहीं थी मगर ये शहर की बिखरी हुई आवाजें थी जो थोड़ी थोड़ी देर में उठती और गिरती रहतीं। लेकिन कुछ समय बाद यही आवाजें उसे पास आती हुई महसूस हुई, पत्थर किस दिशा से आया अभी वह यह समझ ही नहीं पाया कि अब इस करीब आते शोर में उलझ गया।

वह उसी तरह चौखट पर खड़ा रहा आवाजों की प्रतीक्षा में। तभी गली से दिखती सामने की सड़क पर आदमियों का एक बड़ा-सा झुंड कुछ चिल्लाते हुए चला जा रहा था। वे क्यों और क्या चिल्ला रहे थे ये तो पता नहीं चला पर वे स्वर किसी अनहोनी की ओर जरूर सकेंत कर रहे थे। शोर आगे बढ़ गया और वह भी अपने कमरे में वापस लौट आया। जैसे ही वह भीतर लौटा फिर से एक पत्थर खिड़की पर लगा, इस बार वह झल्लाया 'साला कौन है'? मुँह से गाली अनायास ही निकल पड़ी। वह बाहर खिड़की के पास गया उसे अंधेरे में स्पष्ट तो नहीं दिखायी दे रहा था पर कुछ उखड़ी हुई साँसों की आवाजें सुनाई दी, उसने और पास जाकर देखा एक लड़की थी खिड़की के नीचे छिप कर बैठी हुई वह कुछ समझ पाता तभी लड़की ने कहा, 'क्या आप मेरी मदद कर सकते हैं' उसकी सांसे बहुत तेज चल रही थी, शायद वह बहुत दूर से भागती हुई आयी थी। उसे समझ नहीं आ रहा था कि क्या जवाब दे लड़की को, जाने कौन है कहाँ से आयी है, मेरी खिड़की के नीचे क्यों छुपी बैठी अनगिनत सवाल उसके जहन में घूम गये। लेकिन संकोच में वह कुछ भी न पूछ सका। वह अपना मन व्यवस्थित कर ही रहा था कि फिर से एक शोर सुनाई दिया इस बार वह शोर उसकी ओर ही बढ रहा था। 'प्लीज मेरी मदद करिये', 'ये लोग मुझे मार डालेंगे' लड़की ने उससे बहुत दया से कहा। जब तक कि वह कुछ बोल पाता भीड़ का एक रेला उसकी गली में प्रवेश कर उनकी ओर ही बढ़ रहा था। अब तो वह भी डर गया और घबराहट में पसीना पोंछने लगा। तभी किसी ने टार्च की रौशनी उन पर डाली और उस रौशनी में उसने देखा एक अठ्ठारह उन्नीस साल की दुबली पतली-सी लड़की डरकर खिड़की से लगी बैठी थी। तभी भीड़ से कोई बोला, 'अरे वह रही, पकड़ो साली को कहीं फिर से न भाग जाये।' भीड़ तेजी से लड़की की तरफ बढ़ रही थी और लड़की उसके पीछे छिपने की कोशिश में लगी थी इस उम्मीद में कि शायद वह उसे बचा लेगा। वह कुछ कर पाता इससे पहले भीड़ ने उसे धक्का दिया वह जमीन पक गिर पड़ा। लडकी उनके चगुंल में फँस चुकी थी उसने बेबस आंखों से उसे देखा और भीड़ के सामने गिड़ गिड़ानो लगी 'मुझे छोड़ दो मुझे छोड़ दो' पर भीड़ का कोई समाजशास्त्र नहीं होता न कोई चेहरा, वो तो बस इशारों पर नाचती है।

उसने जाती हुई भीड़ में रोती लड़की को देखा और जड़ हो देखता रहा।

वह अपनी अंधी सुरंग में लौट आया, खुद को इतना थका हुआ महसूस कर रहा था कि उससे खड़ा नहीं हुआ जा रहा था। वह धम्म से चारपाई पर गिर पड़ा। सारी आवाजें हवा हो चुकी थीं बचा था तो बस सन्नाटा एक लम्बा भयानक सन्नाटा। ये सन्नाटा उस शोर से भी डरावना था जो उसने कुछ देर पहले गली में सुना और भोगा था, करवट बदलते-बदलते न जाने कब उसकी आँख लग गई और वह अंधेरी गुफा में गुम हो गया। सुबह जब आँख खुली तो रात की पूरी घटना आंखों के सामने गुजर गई, उसका सर घूमने लगा और वह फिर निढ़ाल हो लेट गया। थोड़ी देर बाद खुद को सम्भाल वह उठा और बाथरूम की ओर चल दिया, नहाते हुए उसने अपनी आंखों में एक अजीब-सा दर्द महसूस किया, वही दर्द जो कल रात उसने लडकी की आँखों में देखा था। उसे समझ नहीं आ रहा था कि दिन की शुरूआत कहाँ से करे, सोचा चलकर नुक्कड़ से चाय पी आऊँ और आज का अख़बार भी लेता आऊँ वह खुद से बड़बड़ाते हुए कपड़े पहन रहा था।

वैसे वह कभी-कभी ही अख़बार पढ़ता है फिर भी सभी ख़बरें उस तक पहुँच ही जाती हैं। नुक्कड़ पर पहुँचते ही उसे लगा कि कुछ गड़बड़ है, वहां आस पास के लोग दबी जुबान में बातें कर रहे थे और कुछ लोग तो उसे देख भी रहे थे। उसने अख़बार लिया और पहले पन्ने पर ही उसकी नजर ठिठक गई- 'पुराने शहर में दंगा' यह पढ़ते ही वह भीतर तक हिल गया। अन्दर की खबर में कुछ लोगों के मरने और एक लड़की के बलात्कार की खबर भी दी, जिसे बलात्कार के बाद मार दिया गया। अब वह सच में डर गया रात के सभी दृश्य उसकी आंखो में तैर गये। वह तेजी से घर की ओर भागा, भागने से उसकी सांसे उखड़ गई, वह हाफ रहा था उसने घर पहुँच भीतर से दरवाजा बंद कर लिया और लेट गया। रात की बहुत-सी आवाजें उसके कानों में गूँज रही थी और उस मासूम लड़की का चेहरा बार बार उसकी आंखों के सामने से गुजर रहा था। तभी उसे दरवाजा खटखटाने की आवाज सुई दी, उसने सोचा भ्रम है लेकिन थोड़ी देर में आवाज और तेज हो गई। उसने उठ कर दरवाजा खोला देखा सामने पुलिस। उसे कुछ समझ नहीं आया कि पुलिस उसके घर क्या कर रही, दरोगा ने उसे साथ चलने का कहा तो उसके मुँह से कुछ निकला ही नहीं, बहुत हिम्मत कर उसने पूछा कि किस लिये 'दरोगा ने कहा' आप पर बलात्कार और दंगे भड़काने का आरोप है 'इससे ज्यादा न उसने बताना जरूरी नही समझा' और पुलिस जीप में बिठा उसे थाने ले गई।

इसके बाद उसके साथ क्या हुआ उसे कुछ याद नहीं। पुलिस ने उसके

साथ क्या किया कौन-सी दफाएं लगाई कौन वकील था, किस कोर्ट किन अदालतों के उसने चक्कर काटे कुछ याद नहीं। बस जेल की वह कोठरी और वह बहुत-सी आवाजें ही उसके जहन में जिन्दा थी जो हर वक्त उसका पीछा किया करती...

❑❑❑

ऑरेंज बार पिघलती रही

✍ डॉ. जया आनंद

बात है सन् 1998-99 की...लखनऊ विश्वविद्यालय का परिसर, कभी इसे कैनिंग कॉलेज भी कहा जाता था, वहाँ का हिंदी डिपार्टमेंट और डिपार्टमेंट के आगे बनी सीढियां।

सीढ़ियां चढ़ने या उतरने का रास्ता, ऊपर जाने या नीचे उतरने का स्थान पर उसे बैठने की जगह बना ली थी हिदी डिपार्टमेंट के कुछ विद्यार्थियों ने।

लेक्चर में कामायनी के जल प्लावन में डूबते उतराते तो कभी बिहारी के दोहों से घायल हुए तो कभी काव्यशास्त्र को अभिधा लक्षणा में व्यंजित करते हुए, निराला के स्नेह निर्झर में निमग्न वो सारे मित्र हिंदी डिपार्टमेंट की सीढ़ियों पर बैठ जाते।

उस दिन भी सब उन्हीं उतार-चढ़ाव वाली सीढ़ियों पर बैठे थे।

'बड़ी भूख लग रही है यार!' सारिका अपने पूरे स्टाइल के साथ बोली। ये सारिका हिंदी विभाग की सबसे स्टाइलिश लड़की थी चाहे पहनावा-ओढ़ावा हो चाहे बोलने-चालने का ढंग या शेरो-शायरी कहने और लिखने का सलीका।

'हां जी मैं आलू के पराठे लायी हूँ खाओ और तारीफ करो', अंजलि का अंदाज हमेशा कुछ ऐसा रहता जैसे कहीं की प्रिंसिपल हो।

'भई! इनकी तारीफ पहले कर लो', राजीव हंसते हुए बोला। राजीव पूरा का पूरा साहित्यिक, बड़ी अच्छी कविताएँ लिखता।

अंजलि के आलू पराठे बिना खाए ही सब तारीफ करने लगे- 'क्या बनाया है आलू का पराठा- वाह क्या बात है।'

'अरे सच में मैंने बनाया है...मम्मी तो पापा के साथ इलाहाबाद में है न!' अंजलि को गुस्सा आ गया था।

सभी हँस पड़े। सारिका अपने स्टाइलिश अंदाज में बोली, 'भई हमें तो खाना बनाने का शौक नहीं।'

'यह सारिका न ऐसे ही बोलती है...इस को सब कुछ आता है', रेणुका

ने हल्के से मुस्कुरा कर कहा।

'हाँ और रेणुका बस मुस्कुरा दे तो सारा काम यूं ही बन जाए', गीतिका की मधुर आवाज सबके कानों में रस घोल गयी।

'हमें तो कोई पूछ ही नहीं रहा...' आशुतोष मुँह बनाकर बोला। आशुतोष जैसे उन दोस्तों का वो दोस्त जो हर समय हाजिर रहता।

'हां-हां पूछ रहे हैं रुको...कैसे हो आशुतोष...कैसे हो?'

सब बारी-बारी से पूछने लगे और हँसी और ठहाको से पूरा हिंदी विभाग गूंज-सा गया। पूजा, शैली की भी हंसी उसमें शामिल थी।

'वह देखो कौन आ रहा है...हमारे हीरो हीरालाल' सुचिता अपनी नाक की नथ ठीक करती हुई बोली। देखा डिपार्टमेंट के गलियारे से आलोक चला रहा है।

'हां भाई क्या हाल है सबका?' आलोक ने अपनी कैप ठीक करते हुए कहा।

'कहाँ रह गए थे आलोक महाशय!' सुचिता में पूरे नेता वाला गुण था। ...ऐसे बोले जैसे उसके पीछे-पीछे सब चलें।

'अरे यार थोड़ा काम था इसलिए', आलोक मुस्कुरा दिया।

'अच्छा ये सैडविच खाओ', रेणुका ने मुस्कुरा के आलोक को सैंडविच पकड़ा दी।

'क्या खा रहे हैं?'...उधर से वैभव उछलता-कूदता आ गया।

'सब खाकर खत्म कर दिया क्या?' वैभव ने बिना एक मिनट रुके दूसरा सवाल दाग दिया।

'नहीं, खत्म नहीं हुआ। अभी तो ऑरेंज बार बाकी है बाकी है- रेणुका मुस्कान बिखेरते हुए बोली।

'हाँ जी! अभी तो ऑरेंज बार बाकी है, चलो निकालो तीन-तीन रुपये' अंजलि ने आदेश दे दिया।

सारे दोस्त अपने-अपने बैग की जेब खंगालते हुए तीन-तीन रुपये निकालने लगे। आइसक्रीम वाले की घण्टी उसके आने की सूचना पहले ही दे देती थी, आइसक्रीम वाले से सब ने एक-एक ऑरेंज बार ले ली। किसी को भी दूसरी आइसक्रीम नहीं खानी थी सबकी फेवरेट थी ऑरेंज बार...। ऑरेंज बार के केसरिया रंग में उनकी दोस्ती रंग गयी थी, वह रंग उनकी जीभ में उतर जाता, फिर सारे दोस्त एक दूसरे को अपनी जीभ दिखाते। किस का रंग ज्यादा गहरा और फिर वह रंग गहरे उतरता जाता उनके मन में जिनका उन्हें पता भी नहीं चलता कब कैसे और क्यों...ऑरेंज बार पिघलती जाती...पिघलती जाती।

कभी-कभी वे सब डिपार्टमेंट की वाटिका में जा बैठते। उस दिन भी वे सब वाटिका में बैठे थे और साहित्यिक मुद्दों पर कभी राजनीतिक मुद्दों पर उनकी चर्चा चल रही थी। उस दिन रेणुका को देर हो गयी थी। दूर से उसने देखा सारे मित्र वाटिका में बैठे हैं। वह धीरे-धीरे और आगे बढ़ने लगी। दूर से ही उसने इंतजार करती हुई आँखों को देख लिया था। कितना सुंदर एहसास था न कि आप खुद किसी का इंतजार बन जाए।

'आ गयी रेणुका', हमेशा लेट। सारे मित्र मंडली ने कुछ इस तरह रेणुका का स्वागत किया।

'मैं देर करता नहीं देर हो जाती है...क्या करूँ', रेणुका सफाई देने लगी। ...वैसे क्या गरमा-गरम बहस चल रही है?'

'यही कि राम मंदिर बनना चाहिए या नहीं!' राजीव बहस का मुद्दा बता कर शांत हो गया।

'बस मंदिर-मस्जिद करते रहो इससे देश का कोई भला नहीं होना है', सारिका गुस्से से बोली।

'देखो! सारिका यह जन्म भूमि की बात है कोई साधारण मंदिर नहीं', आलोक ने समझाते हुए कहा।

'...और फिर राम जन्मभूमि मंदिर भारत में नहीं बनेगा तो कहां बनेगा', रेणुका को भी गुस्सा आ गया था।

'कुछ नहीं हो सकता तुम लोगों का, शिक्षा, गरीबी कितनी सारी समस्याएं हैं पर उन पर कोई ध्यान नहीं...मैं तो बहुत दुखी हूं यह सब देखकर और साथ ही गुस्सा भी आता है- बोलते बोलते सारिका की आवाज तेज होती जा रही थी। शैली बड़े गौर से सारिका की बात सुन रही थी। 'चलो अब शांत हो जाओ सब', आशुतोष ने सबको चुप कराया।

'अच्छा निकालो तीन-तीन रुपये, अपना ओरेंज बार वाला आ गया है', अंजलि ने अपने रोबीले अंदाज में कहा।

'ये अंजलि न अपना प्रिंसिपलपना नहीं छोड़ेगी', गीतिका बोलते हुए हंस पड़ी और सारे दोस्त भी हंसते हुए बैग से तीन-तीन रुपये निकालने लगे और फिर सबके हाथों में आ गयी ऑरेंज बार खाते ही सबके दिमाग की गर्मी दूर होती चली गयी। जैसे-जैसे ऑरेंज बार पिघलती जाती, मन का गुस्सा भी पिघलता जाता...पिघलता जाता।

हिंदी डिपार्टमेंट जहां साहित्य-संगीत वहां के रोम रोम में रचा बसा था। लेक्चर के साथ ही होते वहाँ कभी कवि सम्मेलन जिसमें सारे विद्यार्थी बढ़ चढ़कर हिस्सा लेते। कविता की स्वर लहरी फूट पड़ती, उन्हीं स्वर लहरियों में

कुछ हृदय भी जुड़ते। कवि सुरेश गा रहे थे– 'गंगा थे हम, जमुना थे तुम, बनते रहे संगम कई।'

गीतिका निराला की कविता 'स्नेह निर्झर बह गया है...' गा रही थी और वहीं स्नेह की सरिता दर्शक दीर्घा में बैठे विद्यार्थियों के मन को भिगो रही थी। रेणुका ने पद्मावत का सावन बरसे मेह अति पानी, धरनी धरी हौं विरह जुड़ानी ...जो गाया तो सबकी आँखें आंसुओं से भीग गयीं।

उस दिन लोक साहित्य का यूनिवर्सिटी टूर गाँव जा रहा था। बस में सब हँसते, गाते, अंताक्षरी खेलते गाँव पहुंचे। सबकी इच्छा हो रही थी कि ऑरेंज बार आइसक्रीम खाई जाए।...पर वहाँ कहाँ...खैर सब ने कुएं का पानी पिया और पत्तल में खाना खाया और फिर चला कविताओं का दौर। कुछ लोगों ने कविताएं पढ़ी। आलोक की कविता से सब बहुत प्रभावित हुए– 'यार यह लड़का तो बड़ा इंटेलिजेंट लगता है', रक्षा पंडित चहक कर बोली।

फिर बाकी सब ने भी कविताएं पढ़ी और फिर रेणुका, गीतिका, रेखा सब ने लोकगीतों से समा बांध दिया। आलोक बड़े ध्यान से गीतों को सुन रहा था और मन ही मन कुछ गुन रहा था।

इतने सारे विद्यार्थियों के बीच अंजलि, रेणुका गीतिका, सारिका, सुचिता, राजीव, आलोक, आशुतोष, वैभव एक दूसरे से दोस्ती के डोर में बंधते चले गए। इनकी दोस्ती ऑरेंज बार जैसी मीठी, इस दोस्ती का रंग ऑरेंज बार की तरह केसरिया...सारिका भड़क जाती क्या केसरिया रंग से...नहीं इस दोस्ती के रंग में तो वो भी रंगी थी।

गांव में तो ऑरेंज बार नहीं मिली पर दूसरे ही दिन सारे दोस्त डिपार्टमेंट की वाटिका में बैठकर आइसक्रीम खाने लगे। पैसे हमेशा की तरह अंजलि ने ही इकट्ठा किये।

आलोक ने उस दिन बड़ा मीठा गाना गाया– 'माई री मैं कासे कहूं पीर', सबका मन भर आया।

'पल भर में यह क्या हो गया...', रेणुका गुनगुना उठी, ऑरेंज बार की मिठास उनके गीतों में कहीं घुलती चली गयी।

कितनी बार ऐसे गानों की महफिल जमती...लूटे कोई मन का नगर..., कितनी तन्हा सी लगी..., खामोश सा अफसाना...गीत, कविताएँ, वाद विवाद, समोसे, ऑरेंज बार...। कितनी बेफिक्री के दिन थे वो। घर-गृहस्थी की कोई चिंता नहीं, पूरी दुनिया इनकी मुट्ठी में, ये सारे मानों दुनियां का यही कायापलट कर देंगे।

हिंदी डिपार्टमेंट की सीढ़ियां और वाटिका इनका घर था मानो और यह

उस घर में फुदकने वाले पंछी। उड़ान भी भरते पर उड़ानों में भी जमीन से निकटता बनाए रखते, उन्हें उड़ना था उखड़ना नहीं था।

उस दिन हमेशा की तरह सीढ़ियों पर मित्र मंडली बैठी थी। एम.ए. फाइनल की परीक्षाएं हो चुकी थी। सब के पेपर अच्छे हुए थे, बस रिजल्ट की प्रतीक्षा थी। मन में उत्साह भी था कि अब एक नया परिवेश मिलेगा, जीवन में परिवर्तन आएगा, जीवन की प्रतियोगिताओं से जूझना होगा...पर कहीं एक पीड़ा से भी सबका मन भर आया था, अब वे सब एक दूसरे से दूर हो जाएंगे, बस एक याद रह जाएगी...।

साहित्य के विद्यार्थी ठहरे तो सब ने अपनी कॉपी, डायरी के पन्ने, पॉकेट डायरी एक-दूसरे को थमा दी कि सभी अपनी-अपनी स्नेहिल अनुभूतियां, स्मृतियाँ उन पर अभिव्यक्त कर दें।

...वो डायरी के पन्ने, वो कागज का टुकड़ा जीवन की पूँजी बन गए। उन पर कुछ शब्द यों बिखरे जैसे नेह के मोती टँक गए हों और जब उन पन्नों को खोलो तो नेह ज्यों का त्यों मिला।

यूनिवर्सिटी की वो सीढ़ियां जिस पर वो सारे मित्र धम्म से आकर बैठ जाते थे अपने कपड़ों की परवाह किये बिना, पूरी बेफिक्री से...वो सीढियां खाली होने लगी। अब नये चेहरे उन पर नजर आने लगे थे।...सभी मित्र एक-एक कर अपनी-अपनी राह हो लिए। सब की दिशाएं अलग-अलग...अनजानी राहों के पंछी...पर वो सीढ़ियां आज भी कहीं उनकी बाट जोहती-सी लगतीं...और ऑरेंज बार की महक, उसका रंग उन्हें अपनी ओर खींचता, उस रंग में सब ऐसे रंगे थे कि फिर एक बार सब आ जुड़े।

उस दिन अंजलि ने सबको यूनिवर्सिटी बुलाया। कई महीनों बाद सब मिल रहे थे। मिलन की वो खुशी सबकी आँखों में छलक रही थी। 'भई! तुम सबको आना है, मेरी शादी तय हो गयी है, सबकी आना पड़ेगा। अंजलि ने धीरे से कार्ड सबको थमा दिया। आशुतोष न जाने क्यों अनमना सा हो गया...

'हम आएंगे...जरूर आएंगे', रेणुका चहक कर बोली।

'आना तो पड़ेगा ही, आखिर हम दोस्तों में पहली शादी है', सारिका जैकेट की पॉकेट में हाथ डाले सीढ़ियों के आसपास घूमते हुए स्टाइल मारते हुए बोली- 'मैं तो तुम्हारी शादी में ढेर सारे गाने गाऊँगी', गीतिका का बोलने का अंदाज हमेशा की तरह सुरीला था।

'तुम सबको सीतापुर आना होगा शादी वहीं से है', अंजलि का स्वर में आदेश इंगित हो रहा था।

'ये नहीं सुधरेगी', गीतिका फुसफुसाई।

‘क्या सीतापुर?’ रेणुका चौंकी।

‘अरे! बाहर जाने की परमिशन नहीं मिलेगी’, सारिका के हाथ जैकेट से बाहर आ गए और वह भी कुछ चिंतित होकर सीढ़ियों पर बैठ गयी।

‘अच्छा चलो देखते हैं कुछ न कुछ किया जाएगा...अभी तो अंजलि को सब बधाई तो दो’, वैभव ने मुस्कुराते हुए कहा।

सबने अंजलि को शुभकामनाएं दी।

‘हमेशा खुश रहो अंजलि!’ आशुतोष ने धीरे से अंजलि को बधाई दी।

‘आना जरूर आशुतोष!’ अंजलि भी हौले से मुस्कुरा दी।

दूर से आलोक, सुचिता आते दिखाई पड़े उनको भी जब पता चला तो उन्होंने भी अंजलि को शुभकामनाएं दी।

‘अंजली आज तीन-तीन रुपए नहीं चाहिए क्या...ऑरेंज बार के लिए’, रेणुका का मन भर आया था।

‘हां-हां निकालो तीन-तीन रुपए’, अंजलि जोश में आ गयी। वह तीन रुपए के सिक्कों की खनक और ऑरेंज बार का रंग अपने पक्केपन के साथ सबके दिलों दिमाग पर छाता चला गया।

अंजली की शादी में सारे दोस्त पहुँचे। घर में परमिशन लेने के लिए सब ने एक दूसरे को का सहारा लिया।

‘माँ!...वो सारिका की मम्मी ने परमिशन दे दी है।’

‘मम्मी! रेणुका के मां-पापा जाने दे रहे हैं, जाने दो ना प्लीज...’

सभी ने कुछ इस तरह से अपने घरवालों को समझाया।

पहली बार शहर से बाहर अकेले शादी में पहुंचना, यह बड़ी बात थी लेकिन सब पहुंचे आखिर उन सब की प्रिय दोस्त की शादी थी। सब हंसते, गाते, मुस्कुराते अंजलि की शादी का मजा लेने लगे।

‘कितनी सुंदर लग रही है अंजलि’, रेणुका ने स्टेज पर सजी संवरी अंजलि को दुल्हन के रूप में देख कर कहा।

‘हां सच्ची...’, वैभव और सारे दोस्त एक साथ बोले।

जय माल देख कर सब खुश होकर ताली बजा रहे थे पर आशुतोष की आंखें न जाने क्यों पनीली हो गयीं थी।

समय पंख लगा कर उड़ने लगा। रेणुका की शादी तय हो गयी। बहुत खुश थी रेणुका अपने जीवन के इस नए सोपान पर चढ़ने के लिए। रेणुका की शादी में भी सारे दोस्त आए। सुचिता, आलोक सभी आए। बहुत खुश हो गई थी रेणुका अपने प्यारे दोस्तों को देखकर। फिर सारिका, गीतिका सबकी शादियां हो गयीं।

सब की शादी में वह महंगी वाली तरह-तरह की आइसक्रीम थी पर उस

ऑरेंज बार के आगे तो सब बेकार। ऑरेंज बार तो दिल में बसी थी, उसका स्वाद तो सबसे जुदा होना ही था।

आलोक, राजीव, आशुतोष, वैभव सब बढ़ चले थे अपनी अपनी मंजिल की ओर। सारे दोस्तों की दिशाएं अलग-अलग हो गई थी, कोई पूरब, कोई पश्चिम, कोई कहीं, कोई सात समंदर पार और लगा कि सब दिशाएं धूमिल होती जाएंगी, ऑरेंज बार का रंग उतरता जाएगा। नए लोग, नई बातें, नया आकाश, नई दुनिया, नए रंग लेकिन ऑरेंज बार का रंग क्या उतर गया...शायद नहीं, वह तो पक्का रंग था कैसे उतरता।

सारे दोस्तों ने कोशिश की कि गर्मी छुट्टियों में मिला जाए। कोशिश रंग लायी, अब सब गर्मियों में मिलते पुरानी बातें होती और साथ होती पिघलती हुई ऑरेंज बार...

सब मिलते रहे, केसरिया रंग में रंगते रहे और फिर जुड़ गए व्हाट्सएप ग्रुप में जैसे कि फिर वही यूनिवर्सिटी का दौर शुरू हो गया। फिर किसी मुद्दे को लेकर लड़ना-झगड़ना, सारिका, शैली लेफ्ट होते रहते और बाकी सब राइट ...कभी नारीवाद का झंडा बुलंद होता, आलोक, राजीव, शैली सारिका की शेरो शायरी, गीतिका के गीत आशुतोष की किचन मास्टरी, पूजा की टिप्पणी, रेणुका के रेडियो प्रोग्राम, अंजलि की बेइंतहा कहानियां, गीत गजल और बहस बाजी, कभी सारिका लेफ्ट कभी शैली लेफ्ट, कभी आशुतोष गुस्सा होकर लेफ्ट।... दोस्ती पर विचारधारा अधिक प्रभावी होने लग गयी...पर...पर ऑरेंज बार पिघलने लगती...फिर वही रंग दिलो-दिमाग पर छाने लगता।

अब सब चालीस पार उम्र की दहलीज पर पहुँच चुके थे। अपनी-अपनी सोच के साथ पक्के, बहस बेहद तीखी हो चली थी, इतनी तीखी कि लगा जैसे दोस्ती टूट जाएगी, बिखर जाएगी।...इतने पुराने दोस्तों का वाटसप ग्रुप टूट गया। सुप्रभात से लेकर शुभरात्रि तक का रोज का सफर छूट गया...। लेफ्ट और राइट के समूहों में दोस्ती बंट गयी। अब विचारों का अहं आड़े आने लगा...इतनी दूर तक का ही साथ था उनका शायद!

मैं सही तुम गलत के चक्र में सब उलझते चले गये पर एक दर्द से सबके मन का एक कोना भीगा रहता। चालीस पार भी सबके मन का बच्चा वाट्सप ग्रुप में चहलकदमी किया करता था पर अब तो सब एक दूसरे से दूर हो रहे थे, उम्र की थकान को महसूस कर रहे थे।

एक-एक दिन कर के समय बीतता गया...नहीं अब शायद नहीं जुड़ पायेगा कुछ भी...

बस याद के गलियारे के सिवा अब कुछ नहीं शेष...पर शायद दोस्ती में

शुक्रिया और माफी जैसे तकल्लुफ नहीं होते बस मन को समझना होता है और मन को आइसक्रीम जैसा पिघलना होता है।

...उनकी दोस्ती पर तो चढ़ा था ऑरेंज बार आइसक्रीम का रंग। ऑरेंज बार पिघलने लगी और उनका गुस्सा भी पिघलने लगा। महीनों बाद वे सब एक बार फिर आ मिले।

ये ऑरेंज बार तो उनका दिल थी, उनका प्यार थी, मन में उठने वाली भावना थी और सबसे ऊपर उनकी दोस्ती का प्रतीक थी...ये ऑरेंज बार आज भी पिघल रही है और उसके केसरिया रंग में उनकी दोस्ती भी पक्की हो रही है।

❑❑❑

लिस्ट

✍ डॉ. गीता द्विवेदी

स्नेहा हमेशा की तरह घर की सफाई में मगन गुनगुनाती जा रही...

'न चिठिया न कोई संदेसा...'

तभी अचानक सौरभ माँ-माँ चिल्लाता घर में आया और माँ को पकड़कर झूमने लगा। 'अरे-अरे! क्या हुआ?' स्नेहा बोली।

'माँ आज मन बहुत खुश है, स्कूल जो बंद हो गए हैं। अब तो खूब घूमूँगा, खेलूँगा और सोऊँगा अच्छा, लाओ मैं तुम्हारी मदद करा दूँ।'

सौरभ स्नेहा का हाथ बटाने में जुट गया। तभी ड्रेसिंग टेबल से जैसे ही स्नेहा ने पुराने पेपर हटाए तमाम परतों में से कुछ छोटी-छोटी यादों के पन्ने उड़कर गिरने लगे और सौरभ दौड़कर उड़ते हुए उन पन्नों को बटोरने लगा।

'सौरभ, माँ क्या-क्या कूड़ा रखे रहती हो।' तभी स्नेहा ने एक पेपर उसके हाथ से छीन लिया।

'क्या है माँ?'

'कुछ नहीं जरूरी लिस्ट है।'

'देखूँ!'

'नहीं!...कहा न एक बार नहीं।' यह कहते हुए स्नेहा अतीत के पन्नों से उस लिस्ट तक न जाने कब पहुँच गयी।...और सौरभ यह कहता हुआ बाहर चला गया कि हो गई सफाई, मैं तो चला।

स्नेह से पाली गई तभी तो पापा ने उसका नाम रखा था- स्नेहा। लोग हँसते और यह कहते।

'अरे! त्रिपाठी जी, बुढ़ापे की संतान है।' त्रिपाठी जी अपनी गुड़िया को ईश्वर का सबसे सुंदर उपहार कहते हैं। वह जैसे-जैसे बड़ी होती गई उस पर सभी का स्नेह बढ़ता गया। कोई कहता- 'सूरत और सीरत का अनोखा मेल है त्रिपाठी जी की बिटिया, अरे भाई बुढ़ापे में लक्ष्मी बनकर आई है, जहां जाएगी मान ही बढ़ाएगी।' न जाने क्या-क्या?...

गली, मोहल्ला, स्कूल, दफ्तर हर जगह त्रिपाठी जी की बेटी के रूप और गुण का बखान होता।

स्नेहा अभी खोयी थी कि अचानक बाहर किसी ने आवाज दी- 'अरे बहू कपड़े दे दो प्रेस के।' जी अम्मा जी देती हूँ- कहकर लिस्ट थामे वह बाहर बरामदे तक गई और कपड़े की एक गठरी रखते हुए बोली- 'काका गिन लो बीस हैं और ध्यान से रेशमी भी है, संभाल कर करना।'

'अच्छा बहू ध्यान रखूँगा। थैंक यू जो तुमने हस्ताक्षर करना सिखा दिया तो अब मैं बैंक का सारा काम खुद कर लेता हूं।'

'अरे वाह! काका अंग्रेजी भी, वेरी गुड' और स्नेहा मुस्कुराकर अंदर चली गयी।

स्नेहा का मन अब सफाई में कहाँ लग रहा था, वह तो अतीत के ताने-बाने में उलझी जा रही थी। मंद-मंद मुस्कुराती हुई उस लिस्ट को थामे वह फिर धीरे से पलंग पर बैठ गई। खो गई फिर एक बार अतीत के पन्नों में।

माँ के आंचल में सुबह सवेरे मुँह पोछते हुए माँ से लिपट गयी। अलसाई हुई स्नेहा माँ की गोद में अपना सिर रख कर शांत बैठी रही और माँ भी उंगलियों के पोरों से लंबी-लंबी केश राशियों को सहलाने लगी।

'माँ आज घर के सामान की लिस्ट बना लें, दीपावली सिर पर है। बताओ तो क्या-क्या लिखूँ? देखो! बैठकर लिखवाना, मैं पीछे-पीछे नहीं दौड़ूंगी। यू नो आई एम वेरी बिजी परसन...स्नेहा कहकर ठहाका लगाने लगी।'

स्नेहा की हँसी मानों घर को सुवासित कर देती और घर नंदनकानन-सा लगने लगता।

'माँ आज पिताजी कहाँ गए हैं? अरे! दवा भी नहीं खा गए, हे ईश्वर! इन लोगों का क्या होगा? अगर मैं कहीं बाहर चली गयी तो, 'आप लोग कैसे रहोगे?'

'अच्छा! रहने दे', माँ ने कहा।

आज शाम बिहारी अंकल आ रहे हैं बहुत सारी तैयारी करनी हैं। बिहारी अंकल पापा के बाल सखा हैं। बिहारी जी लखनऊ के हैं तो नजाकत उनकी बातों का एक प्रमुख अंग है। शाम को घर पर कई व्यंजन बनाने में स्नेहा बहुत थक गई। तभी त्रिपाठी जी किसी के साथ भीतर आये...

'अरे! मेरी मुनिया इतनी बड़ी हो गई।' स्नेहा ने भी प्रणाम किया।

'कैसे हैं अंकल आप? बहुत दिनों बाद आये। हाँ समय ही नहीं मिला।'

यह कहकर बिहारी जी सभी से बात-चीत में व्यस्त हो गए और स्नेहा अपनी किताबें लेकर अपने कमरे में चली गई। बिहारी जी आज बड़ी मुश्किल

से समय निकालकर आ पाए। वह अपने साले के लड़के के लिए स्नेहा का हाथ माँगने आये थे।

'त्रिपाठी जी, लड़का बहुत सुशील है, इलाइची तक नहीं खाता। स्नेहा तो रूप और गुण की खान है ही, अकेली बहू बनकर राज करेगी और फिर दोनों एक ही फील्ड में हैं भी। तब तक स्नेहा की इंजीनियरिंग भी पूरी हो जाएगी और सुशील तो इंजीनियर है ही। जोड़ी बहुत जमेगी। ऐसा करो अबकी रविवार को मिल लो और दोनों एक-दूसरे को देख भी लेंगे।'

जिस पिता की जवान लड़की हो उसकी सबसे बड़ी चिंता उसका उत्तम विवाह होता है और उनकी यह समस्या तो चुटकियों में दूर हो गई। मेल-जोल होते हुए बात आगे बढ़ी, सबने देखा-दिखाया। लड़के के पिता बैंक के रिटायर्ड अधिकारी थे, लड़का इंजीनियर और स्नेहा इंजीनियरिंग के अंतिम वर्ष में थी। विवाह के समय तक बहुत सारी लिस्ट बनाई गई। कभी कपड़ों की, कभी जरूरी सामान की, कभी रिश्तेदारों की लिस्ट। आज लिस्ट ससुराल भेजनी है, क्या-क्या देंगे। एक लंबी लिस्ट बनाई गई, सारी जरूरी चीजों के नाम के साथ।

स्नेहा के ससुर ने लिस्ट देखते ही कहा, 'अरे! यह सब क्या करेंगे। घर पर सब सामान है, रखने की जगह नहीं है और सब स्नेहा का ही तो है दूसरा कौन है ही।' स्नेहा खुश हुई कि आज के समय में ऐसे लोग बहुत कम मिलते हैं। आज बिहारी जी फिर घर पर आए हैं, आज दिन तारीख तय हो जाए तो अच्छा है। बिहारी अंकल ने स्नेहा से मुस्कुरा कर पूछा, 'एनी प्रॉब्लम डियर? नो अंकल', स्नेहा ने अपनी स्नेहिल मुस्कान के साथ उत्तर दिया और धीरे से कहा- 'कुछ खाता-पीता ना हो वरना...और स्नेहा हंसकर अंदर चली गई।'

उसकी यह बात सुनकर सभी हँसने लगे। बिहारी अंकल- 'वर्ना वर्ना...

स्नेहा मायके की तरह ससुराल में भी सबके स्नेह से सराबोर थी। कोई भी उसे बुरा न कहता, आस-पास उसकी सहनशीलता की चर्चा रहती। एक दिन उसे तेज बुखार हुआ। डॉक्टर ने चौबीस घंटे ऑब्जरवेशन में रखने को कहा और अगले दिन छुट्टी हो गयी। अगले दिन दोपहर में स्नेहा जब घर में दाखिल हुई तो सभी ने बड़े प्यार से उसका स्वागत किया। ससुर जी ने पूछा- 'क्या हाल है बेटा? पता है तुम नहीं थी तो दो दिन से अच्छी चाय नहीं मिली।' स्नेहा मुस्कुराकर अंदर चली गयी और जब पंद्रह मिनट के बाद बाहर आयी तो उसके हाथ में चाय का कप था। स्नेहा ने कप रखा और ससुर जी को प्रणाम किया। 'अरे! मैं तो मजाक कर रहा था, अपनी माता जी को भी पिला दो अच्छी चाय।'

ससुर जी ने चुटकी ली। 'पिता जी माता जी चाय कहाँ पीती हैं, स्नेहा यह कहते हुए सास के पास बैठ गयी।'

उन्होंने ने भी बड़े प्यार से स्नेहा के सिर पर हाथ फेरा और कुछ देर बाद उठ कर पूजा घर की ओर चली गयी। स्नेहा भी उठ कर अपने कमरे में आराम करने चली गयी। सभी के प्यार के आगे स्नेहा भूल गयी कि एक दिन पहले उसे तेज बुखार भी था।

आज वह दिन भी आ गया जब स्नेहा का रिजल्ट आया। स्नेहा से अधिक घर के सभी लोग खुश थे, उसने टॉप किया। धीरे-धीरे समय बीतता रहा। अब स्नेहा भी इंजीनियर बन गयी और एक अच्छी-सी फर्म में उसे नौकरी भी मिल गयी। आज स्नेहा ऑफिस से जल्दी आ गयी, कुछ तबीयत भी ठीक नहीं लग रही। उसके घर में आते ही पीछे से डोर बेल बजी- 'बेटी जरा देखना कौन है?'

'जी', स्नेहा गेट तक गयी और हाथ में एक लिफाफा ले कर लौटी। माता जी ने पूछा- 'कौन है?'

'पिता जी का पत्र आया है।' लिफाफा लेकर स्नेहा अपने कमरे में चली गयी और जैसे ही लिफाफा खोला उसमें पत्र के साथ एक लिफाफा और भी था। उसने उसका पहला पत्र खोला और पढ़ने लगी-

'मेरी गुड़िया', आज बहुत दिनों बाद तुम्हें पत्र लिख रहा हूँ क्योंकि अब तो फोन पर बात जो हो जाती है।

मेरी राजदुलारी आज तुम्हारे बचपन की साध पूरी हुई। तुमने जो चाहा था वो आज पा लिया। न न न मैं कुछ नहीं बताऊंगा, अगला लिफाफा खोलोगी तो खुशी से उछल पड़ोगी। तुम्हारी तपस्या का परिणाम यह लिफाफा है।

'कैसा पत्र लिखा पापा नें?' यह कहकर स्नेहा दूसरा लिफाफा खोलने लगी और जैसे ही उसके भीतर का पत्र देखा स्नेहा खुशी से रो पड़ी। बचपन से टी.वी., रेडियों, मंच, स्कूल, कॉलेज, हर जगह उसकी सुमधुर आवाज उसकी पहचान रही है। स्नेहा के गीत सुनकर मंचासीन निर्णायक मंडल मंत्रमुग्ध हो जाता।

लोक गीतों में स्नेहा का कोई सानी न था।

पत्र पढ़ कर वह रोती जाती, तभी अचानक सुधीर की नजर स्नेहा पर पड़ी- 'क्या हुआ डॉर्लिंग! सब ठीक तो है न?'

'हाँ...हाँ' कहकर उसने पत्र सुधीर को थमा दिया और बताने लगी- 'मेरा सपना था कि मैं रघुवीर जी के साथ काम करूँ। आज सत्रह वर्ष के बाद फाइनली मुझे अप्रूवल मिला। आई एम सो हैप्पी।...मेरा जीवन सफल हो गया।'

'स्नेहा, पर इसके लिए तो शहर से बाहर जाना पड़ेगा, सोच लेना मुझे तो मुश्किल लगता है।' इतना कहकर सुधीर चला गया। न शुभकामना, न कोई बधाई।

सुधीर प्रैक्टिकल पर्सन था। उसे पता था कि अब क्या होगा।

स्नेहा जिसने अपनी पहली तनख्वाह का लिफाफा अपने ससुर जी को देते हुए कहा था कि- 'पापा जी वहाँ मेरी हर उपलब्धि पर पहला हक माँ और पापा का था, यहाँ आपका और माता जी का है।'

इतनी बड़ी खुशी की खबर थी कि वह दौड़ कर ससुर जी के पास पहुँची और खुशी से एक साथ सब कुछ बोल गयी। आज मुझे रेडियों व दूरदर्शन से अप्रूवल मिल गया है।

यूँ अचानक यह खबर सुनकर ससुर जी ने उसे बधाई तो दी पर उस स्वर में आज कुछ बदलाव है।

'अच्छा...पैसे मिलेंगे या यूँ ही फ्री में? इनमें क्या है? नौकरी भी कर रही हो, कैसे होगा? स्नेहा यह सब शादी के पहले के शौक हैं, बेटा।' आज ससुर जी के प्यार का स्वर बदला हुआ था।

स्नेहा को अब रघुवीर जी से मिलने जाना है, कैसे कहे?...

इस उधेड़ बुन में स्नेहा कमरे में वापस आयी और बिस्तर पर बैठकर फूट-फूट कर रोयी। विदा के बाद ससुराल में यह उसका यह पहला रूदन था। उसने सपने में भी नहीं सोचा था कि उसके सपने यूँ बिखर जाएंगे क्योंकि विवाह के बाद ससुर जी ने बड़े प्यार से कहा था- 'जो चाहना वो करना, जब चाहो तब चली जाना माँ से मिलने।' स्नेहा इस चिंतन में थी और बिस्तर पर पापा का पत्र अपनी चुलबुली की प्रतीक्षा में खुला ही पड़ा रहा।

अब वह दिन आया जिस सुबह स्नेहा को रघुवीर जी से मिलने जाना है। वह अपने ससुर जी से इजाजत लेने गयी तभी उसके कहने से पूर्व ससुर जी ने एक लिफाफा पकड़ाया और कहा- 'स्नेहा, बेटा जो करना सोच समझ कर करना।'

आज उसे ससुर जी के भीतर का अधिकारी दिखाई दे रहा था जो उसे दिखा नही या उसने देखना नहीं चाहा। वह देखती थी तो उनका समय पर उठना, सोना, खाना, व्यायाम करना। जब वह सभी के लिए हर क्षण खड़ी रहती तो सभी उसे हाथों-हाथ लेते। उन सभी की खुशी में वह अपना जीवन धन्य मानती चली गयी। सुधीर से अधिक वेतन पाने का दर्प उसमें तनिक भी न था। पहली बार यह अवसर आया था जब उसने अपने लिए विवाह के बाद कुछ चाहा था।

अगली सुबह जब वह निकलने से पूर्व सास-ससुर का आशीर्वाद लेने गई तो ससुर जी ने कहा- 'स्नेहा शादी से पहले की बात कुछ और थी, तब शौक और समय दोनों साथ होते हैं पर अब जिम्मेदारियाँ बढ़ गयी हैं, आगे परिवार भी बढ़ेगा। जब अपने सर से मिलना तो वह लिस्ट अवश्य देना और

पूछना कि वह इन बिंदुओं पर विचार करें। कुछ शर्तें तुम्हारी भी हैं जैसे- टी.ए., डी.ए. यानी जाने-आने का खर्च, खाने-पीने, रहने का खर्च, वगैरह-वगैरह।' आज स्नेहा के पाँव जैसे जड़वत हो गये। यह क्या! यह कैसे कहेगी! कैसे देगी यह लिस्ट?

अचानक सौरभ फिर दौड़ता आया, 'माँ-माँ, ओ माँ! तुम अभी भी लेटी हो, क्या हुआ? दिखाओ ना यह कैसी लिस्ट है माँ।' स्नेहा हाथ में लिस्ट लिए उठी और सोचने लगी...कि- लिस्ट तो हर बात पर बनी, कभी खुशियों की, कभी सामान की, कभी मेहमानों की पर टूटते सपनों की यह लिस्ट जीवन भर जब-जब उसके हाथ में आएगी, अतीत की वो सच्चाई उसे समंदर की गहराई में ले ही जायेगी, जहाँ सीप नहीं-शैवाल ही शैवाल हैं। तब भी उसने अपने सपनों की उस लिस्ट को मोड़ कर दबा दिया था और आज भी पुनः उसे मोड़ कर पेपर के नीचे रख दिया और फिर उठ कर सारा सामान ज्यों का त्यों रखने लगी अधूरे सपने और उस लिस्ट के साथ जैसे हमेशा रखती है।

वह अपनों सपनों के लिए तब भी अपना घर नहीं खोना चाहती थी, और न अब। उसने अब जीवन में लिस्ट बनाना छोड़ दिया है। उसकी मुस्कुराहट से उसके भीतर का यह द्वन्द छिप सा जाता है। माँ और पापा को भी तो ज्ञात नहीं कि स्नेहा का वह सपना अधूरा क्यों रह गया, उसका निर्णय क्यों बदला और सपना सपना क्यों रह गया...

❑❑❑

मृगतृष्णा

✍ अर्चना गुप्ता

आज मन बहुत विचलित हो रहा था पता नहीं क्यों...चाह कर भी मन अतीत की परछाइयों से बाहर नहीं निकल रहा था, रह-रह कर एक ही ख्याल आ रहा था...सागर की प्रतिक्रिया क्या होगी...वह मेरा साथ देंगे अन्यथा हमेशा की तरह अपने परिवार की दुहाई देंगे।

आठ वर्ष बीत गए हमारी शादी को दो-दो बच्चों की माँ बन गई थी... परंतु आज भी अपने जीवन से जुड़े छोटे से छोटे निर्णय के लिए संध्या को दूसरे पर निर्भर रहना पड़ता है। इन सबमे खुद का विश्वास भी न जाने कहाँ खो गया था।

संयुक्त परिवार की बड़ी बहू बनकर स्वयं को आज तक न जाने कितनी परिस्थितियों की कसौटी पर खुद को कसना पड़ा था और हर बार खरा उतरने पर भी न स्वयं को संतुष्ट कर सकी और न दूसरों को।

संध्या हर सुबह एक उम्मीद के साथ जागती कि जीवन के इम्तिहान में आज सफल हो पाऊंगी या नहीं...और रात में जब बिस्तर पर लेटती थी तो फिर दिमाग में वही जदोजहद कि जिन्दगी के इम्तिहान में आज सफल हो पाई या नहीं...

आसमान पर काले बादल छाए हुए थे। शाम का धुंधलका बढ़ता जा रहा था, पक्षी अपने घोंसलों की ओर बढ़ रहे थे, संध्या बालकनी में खड़े होकर सागर का इंतजार कर रही थी। पता नहीं क्यों आज ये इंतजार सहा नहीं जा रहा था।

तभी सागर की गाड़ी का हॉर्न बजा और संध्या लगभग दौड़ती हुई दरवाजे की तरफ दौड़ी। सागर मुस्कुराते हुए संध्या की तरफ बढ़ रहे थे, उनके हाव भाव से स्पष्ट हो रहा था कि, संध्या की व्यग्रता को वह भांप चुके हैं।

चाय की चुस्कियों के साथ सागर की नजरें संध्या के चेहरे को पढ़ने की कोशिश कर रही थी।

'क्या बात है...? संध्या कुछ कहना चाहती हो...'

संध्या इसी पल का इंतजार कर रही थी,

'सागर!...आप से कुछ बात करनी थी।'

'बोलो...मैं सुन रहा हूँ।'

'सागर मुझे फैजाबाद के एक सरकारी स्कूल में शिक्षिका की नौकरी मिल गई है...'

'तुम्हें...?'

'हाँ!...मैंने...बस यूँ ही कई महीने पहले आवेदन किया था...'

'हम्म...'

'सागर!...मैं इस मौके को खोना नहीं चाहती, क्या इस बार मैं नौकरी कर सकती हूँ...?'

संध्या ने बड़ी उम्मीद से सागर की तरफ देखा...वो सागर के चेहरे पर अपने सवालों का जवाब ढूँढने की कोशिश कर रही थी।

'संध्या!...तुम जानती हो तुम्हारे नौकरी करने से मुझे कोई एतराज नहीं है ...पर तुम ही सोचो पापा रिटायर हो चुके हैं, मम्मी का स्वास्थ्य ठीक नहीं रहता।'

'मेरे दोनों भाई दूसरे शहरों में नौकरी करते हैं और अपने परिवार के साथ वही सेटल हो गए हैं। यहाँ लखनऊ शहर में हमारा इतना बड़ा घर है, मेरी इतनी अच्छी जॉब है, किसी भी चीज की कमी नहीं है।'

'हम दोनों हर पल साथ हैं और हमारे बच्चे उनका स्कूल, कोचिंग स्विमिंग क्लासेस सब कुछ अच्छी तरह से तुम संभाल लेती हो...अगर तुम फैजाबाद चली जाओगी तो सब कुछ अस्त-व्यस्त हो जाएगा। मैं अकेला पड़ जाऊँगा...पापा मम्मी की देखभाल, बच्चों की पढ़ाई सब कुछ मैं कैसे कर पाऊँगा।'

संध्या चुपचाप सर झुकाए सागर की बातें सुनती रही। वो आज एक बार फिर से सागर के सामने निरुत्तर हो गई...

आठ वर्ष पहले की कहानी आँखों के सामने से गुजरती चली गई। संध्या ने बी.एस.सी. के बाद बी.टी.सी. किया था। शादी के पहले कुछ वर्षों तक शहर के एक प्रतिष्ठित स्कूल में अध्यापिका के रूप में कार्यरत थी। जिस समय शादी हुई संध्या उस स्कूल में प्रिंसिपल बन चुकी थी।

...पर एक ही शहर में शादी होने के बाद भी संध्या को नौकरी छोड़नी पड़ी थी क्योंकि सासू माँ को बहू का नौकरी करना पसंद नहीं था। वह घरेलू बहू चाहती थी और सागर अपनी माँ की किसी बात को नकार नहीं सकते थे।

कितना रोई और छटपटाई थी वो..तब सागर ने आश्वस्त किया था...

'कुछ समय बीत जाने दो छोटे भाइयों की दुल्हनें आ जाएंगी तो माँ को

भी मना लेंगे।'

पर...पर क्या ऐसा हो सका। देवरों की नौकरी दूसरे शहर में होने के कारण संध्या अपनी जिम्मेदारियों से कभी मुक्त न हो सकी।

संध्या ने सागर को मनाने की अंतिम कोशिश की...

'सागर मुझे एक बार ज्वाइन कर लेने दो...मैं कोशिश करके अपना ट्रांसफर लखनऊ करा लूँगी। अभी बच्चे छोटी क्लासेज में है तो उनका एडमिशन वही करवा दूँगी।'

'कुछ महीनों में सब कुछ ठीक हो जाएगा...हाँ!...तुम्हें थोड़ा सहन करना होगा। मेरे कैरियर के लिए तुम इतना तो कर ही सकते हो...?'

सागर की चुप्पी संध्या को तोड़ रही थी। सागर ने कोई प्रतिवाद नहीं किया। सागर ने संध्या को आलिंगन में भर लिया।

सागर को समीप पाकर संध्या स्वयं को हमेशा कमजोर पाती, संध्या सागर के साथ उसी तरफ बह जाती जिधर वह बहा ले जाते।

अगर संध्या और सागर के संबंधों की बात की जाए तो सागर हमेशा एक आदर्श पति साबित होते। रसोई से लेकर बिस्तर तक उन्होंने कभी अपने पति होने का दबाव संध्या पर नहीं बनाया, घर में कोई भी सामान बिना संध्या की पसंद. ..उसकी सहमति के नहीं आता, हर छोटी-बड़ी बात में संध्या की राय सागर के लिए बेहद महत्वपूर्ण होती है।

खाने में अगर भरता रोटी भी परोस दे तो भी...सागर बिना किसी ना-नुकुर के बहुत प्यार से खा लेते, हमेशा संध्या का सम्मान करते।

कभी किसी के सामने संध्या या संध्या के मायके को नीचा या छोटा सिद्ध करने का प्रयास भी नहीं करते...सच पूछो तो बेइंतहा प्यार करते थे संध्या से।

संध्या को हमेशा अपनी किस्मत पर रश्क होता...जब भी वो सागर को अपने पति के रूप में देखती।

'संध्या!...संध्या!'

सागर की आवाज से संध्या की तन्द्रा टूट गई,

'संध्या तुम कुछ महीनों की बात कर रही हो, मैं तो कुछ दिन भी तुम्हारे बिना नहीं बिता सकता और यह आदत तुम्हीं ने बिगाड़ी है, मुझे और इस घर को इस तरह संभाला है कि तुम्हारे बिना हम सबका कोई वजूद ही नहीं है। तुम आधार स्तंभ हो इस घर की जिस पर हम सब आश्रित हैं।'

सागर की इन बातों से संध्या हमेशा खुद को गौरवान्वित महसूस करती थी...पर आज मन व्याकुल हो रहा था। सागर की बाहों में भी वो सुकून नहीं

था...वो छटपटा रही थी...संध्या की अधीरता कम नहीं हो रही थी।

उसे बार-बार ऐसा प्रतीत हो रहा था कि वो कर्तव्यों के तपते रेगिस्तान में नंगे पांव भटक रही है और स्वालंबन की मृगतृष्णा उसे बार-बार भ्रमित कर रही है।

संध्या के अंतर्मन का द्वंद ना जाने कब तक अंदर ही अंदर उसे मथता रहा। संध्या चाह कर भी कोई निर्णय नहीं ले पा रही थी।

सागर से उसका यह हाल देखा नहीं जा रहा था...उसने संध्या को अपनी स्वीकृति दे दी...परंतु संध्या को बार-बार यही लग रहा था कि वह एक बार फिर जीतकर हारने जा रही।

कही न कही खुद की तलाश में सागर बच्चों और परिवार के लिए स्वयं को खोने जा रही थी क्योंकि यह परिवार उसके ही अस्तित्व की परछाई था, उसकी पहचान था।

सागर की स्वीकृति मिल गई पर न जाने क्यों संध्या की बेचैनी अभी भी कम नहीं हो रही थी। मन गृहस्थी की चिंता से मुक्त नहीं हो पा रहा था...बार-बार एक ही सवाल मन को परेशान कर रहा था, परिवार और कैरियर के बीच कैसे सामंजस्य बिठाऊंगी...यही सोचते-सोचते न जाने कब आँख लग गई।

सुबह आँख खुली तो घड़ी में साढ़े सात बज गए थे, इतनी देर...बाप रे इतनी देर हो गई, संध्या जल्दी से किचन की ओर भागी। सागर नाश्ता बना रहे हैं।

'सॉरी सागर!...तुमने जगाया क्यों नहीं...?'

'अरे मैडम...आप रात को देर से सोयी थी, यह लो चाय पियो और हाँ जल्दी से फ्रेश हो जाओ मैंने पोहा बनाया है, खा कर देखिए, फैन हो जायेंगी मेरी कुकिंग की...'

सागर ने मुस्कुराते हुए कहा, तभी कॉल बेल बजी संध्या दरवाजे की तरफ बढ़ गई...देखा बुलबुल खड़ी थी। बुलबुल...कामवाली की बेटी थी।

'आओ बुलबुल!...अंदर आओ क्या हुआ आज तुम्हारी माँ नहीं आई?'

'माँ बीमार है, मुझे भेजा है...काम करने के लिए।'

पन्द्रह साल की लड़की, इससे घर का काम कैसे कराऊंगी मैं...संध्या सोच में पड़ गई।

'अच्छा बुलबुल आओ...पहले चाय पी लेते हैं फिर मिलकर हम घर का काम खत्म करेंगे और तुमसे बातें भी करते जाएंगे।'

सागर नाश्ता करके अखबार पढ़ने में मशगूल हो गए। बुलबुल आश्चर्य से संध्या को देख रही थी, यह सब उसके लिए अप्रत्याशित था। बात करते-करते

संध्या ने उससे पूछा, 'आज तुम स्कूल नहीं गई...?'

'मैं स्कूल नहीं जाती...पाँचवी के बाद स्कूल छूट गया। पापा शराब पीते हैं, माँ घर चलाने के लिए सबके घर काम करती है मैं और मेरे छोटे भाई बहन मिलकर घर में कागज के लिफाफे बनाते हैं, जो पैसा आता है वह सब घर खर्च पापा की शराब और दवाई में ही खत्म हो जाता है मेरे भाई बहन तो कभी स्कूल ही नहीं गए।'

बुलबुल के चेहरे पर कोई भाव नहीं था,

'बुलबुल...तुम्हारे आसपास के बच्चे जब स्कूल जाते हैं तो तुम्हारा मन नहीं करता है स्कूल जाने का...!'

'मैडम जी!...मैं जिस बस्ती में रहती हूँ वहाँ कोई बच्चा स्कूल नहीं जाता, सबकी हालत हमारे जैसी ही है...सभी किसी न किसी घर में कोई न कोई काम करते हैं और सबकी।

'माएँ काम करने जाती हैं।'

उसकी बात सुनकर संध्या हैरान रह गई और जीवन की इस कुरूपता के प्रति मन वितृष्णा से भर उठा। संध्या ने बुलबुल के साथ मिलकर घर का काम जल्दी खत्म किया और जाते समय उसकी माँ की दवाई के लिए पैसे दिए।

'एक मिनिट रुक मैं आती हूँ...!'...संध्या दौड़कर चौके से कुछ फल, बिस्किट और नमकीन के पैकेट ले आई।

'ये ले खा लेना...और अपने भाई-बहन को भी खिलाना।'

बुलबुल की आँखों में चमक आ गई...वो इतनी खुश हो गई जैसे उसे कोई बहुमूल्य चीज मिल गई हो। बुलबुल के चेहरे की खिली मुस्कान को देखकर संध्या न जाने क्यों सुकून के सागर में गोते लगाने लगी।

सागर के ऑफिस और बच्चों को स्कूल भेजने के बाद संध्या बहुत देर तक बुलबुल के बारे में ही सोचती रही और तभी मन में एक विचार आया क्या मैं उनकी कोई मदद नहीं कर सकती, क्या शिक्षा केवल धनोपार्जन के लिए आवश्यक है। मैं अपने ज्ञान का सदुपयोग इन बच्चों को ज्ञानी बनाकर करूँगी। ईश्वर ने मुझे इतना सक्षम बनाया है कि मैं उनकी मदद कर सकती हूँ तो मैं अवश्य करूँगी और अपने साथ इस मुहिम में और भी लोगों को शामिल करूँगी। संध्या को लगा आज उसे उसके जीवन का लक्ष्य मिल गया था। संध्या के मन में कोई द्वंद नहीं रहा और नीले आसमान पर कोई काला बादल नजर नहीं आ रहा था और आसमान नई रौशनी के साथ चमक रहा था।

❑❑❑

स्टेटस

✍ डॉ. रंजना जायसवाल

दरवाजे पर घंटी की आवाज सुनकर चारु की नजर दीवार पर लगी घड़ी पर गई। शाम के साढ़े पाँच बज रहे थे, अभी तो बच्चों के कोचिंग से आने का समय भी नहीं हुआ है। लगता है अशोक आ गए, उसने जल्दी से अपनी साड़ी की प्लेटों को सही किया और आईने में अपने बालों को ठीक करते हुए दरवाजे की तरफ भागी।

'आ रही हूँ!...आज बड़ी जल्दी आ गए।'

अशोक मुस्कुराते हुए बोले, 'क्यों!...तुम्हें अच्छा नहीं लगा।'

'अरे आप भी न कैसे बातें करते हैं, मुझे भला क्यों बुरा लगेगा।'

चारु ने मुँह बनाते हुए कहा...

'अच्छा यार!...एक बढ़िया सी चाय पिलाओ, बहुत थक गया हूँ।'

'बस अभी रुको, अभी लाती हूँ...'

चारु किचेन की तरफ मुड़ी, 'चारु!...ये लो एक शादी का इनविटेशन है. ..बॉस के बेटे का रिसेप्शन पार्टी है शनिवार को।'

चारु ने साड़ी के पल्ले को कमर में खोसा और सोफे पर बैठ गई। 'हाय रब्बा...ये कार्ड है...कितना पैसा है लोगों के पास अशोक। तीन-चार सौ का तो होगा ही।'

'तुम भी रह गई वही की वही...मैडम पूरा कार्ड खोलकर देखो।'

'ए जी इसमें तो चॉकलेटस भी है...महंगी वाली, जो मॉल में मिलती है।'

चारु ने अपनी बड़ी-बड़ी आँखों को नचा कर कहा।

'...जी हाँ मैडम, किसी ऐसे वैसे आदमी के घर की शादी थोड़े ही है। करोड़पति आदमी है, उनको किस बात की कमी। सुना है गुप्ता सर ने ऑफिस के गिने-चुने हुए लोगो को बुलाया है। उन गिने चुने हुए लोगों में आपके पति परमेश्वर भी हैं।'

अशोक ने दोनों टांगों को मेज पर फैलाते हुए बड़े अंदाज में कहा...चारु

अशोक के पास सरक आई, 'मैं भी चलूँगी न!'

'बिल्कुल मैडम...आपके बिना तो मैं एक कदम आगे नहीं बढ़ाता। चारु...ऐसा है कल पार्लर चली जाना वो क्या कहते हैं वो जो तुम लोग चेहरे की मालिश-वालिश कराती हो ना।'

'फेसिअल...!'

'हाँ...हाँ वही...वही तुम भी करा लेना। अरे भाई लोगों को भी पता चले अशोक श्रीवास्तव की बीबी किसी से कम नहीं।'

'धत्त, आप भी न...!'

चारु ने शरमाते हुए कहा-

'चारु मैं क्या पहनूँ...?'

'आप...आप न वो जो बड़े जीजा जी की पच्चीसवीं सालगिरह में सूट बनवाया था, बस...वही पहन लीजिए, एकदम शाहरुख खान लगते हैं।'

'अरे भाई अब तो तुम्हारा शाहरुख खान भी बूढ़ा हो गया है यह वाला भी और वह वाला भी।'

'आप भी ना बस...।'

दोनों काफी देर तक हँसते रहे, 'चारू शगुन भी बढ़िया ही देना पड़ेगा।'

चारु ने सोचते हुए कहा, 'महंगाई बहुत बढ़ गई है कुछ भी सस्ता नहीं है...ऐसा करो...कैश दे दो।'

'कितना दे दूँ...!'

'बड़े आदमी हैं कुछ भी दे दो उनके लिए तो कम ही है।'

'इक्कीस सौ दे दूँ...!'

'अरे ये तो बहुत है...!'

'बहुत!...अरे इस कार्ड की कीमत पता है।'

'हमें उससे क्या...'

चारु ने पल्ला झाड़ते हुए कहा, 'जब तुम्हें अपने मन की ही करनी है तो मुझसे पूछते ही क्यों हो।'

'ठीक है...ठीक है, मुझे जैसा समझ में आएगा मैं वैसा ही करूँगा। चारू उस दिन ऑफिस के एक स्टाफ की बेटी की भी शादी है, थोड़ी देर के लिए वहाँ भी चलेंगे।'

चारु का मूड उखड़ चुका था, 'मुझे नहीं जाना कहीं...'

'अरे!...दस मिनट के लिए ही चलेंगे, गरीब आदमी है खुश हो जाएगा।'

'...तो जनाब यह भी बता दीजिए, वहाँ क्या देने का विचार बनाया है, क्योंकि मेरी तो आप सुनेंगे नहीं।'

'सोच रहा हूँ बेटी की शादी है ग्यारह सौ दे दूँ...!'

'उड़ाओ-उड़ाओ!...पैसे तो जैसे पेड़ पर लग रहे हैं।'

चारु काफी देर तक बड़बड़ती रही। आखिर वह दिन भी आ गया। चारु और अशोक बड़े उत्साह से रिसेप्शन में शामिल होने के लिए घर से निकले।

'चारु ऑफिस में सब लोग कह रहे थे डेस्टिनेशन शादी हुई है...'

'डेस्टिनेशन...डेस्टिनेशन मतलब...!'

'तुम रह गई वहीं की वही...अरे घर-गृहस्थी की दुनिया से भी बाहर निकलो। देखो दुनिया कितना आगे बढ़ गई है।'

अशोक ने चिढ़ते हुए कहा, भरी महफिल में अशोक की बात सुनकर चारू का चेहरा उतर गया।

'कहीं भी शुरू हो जाते हैं...न जगह देखते हैं ना मौका...अरे मैं नहीं जानती हूँ तो यह नहीं कि सीधे-सीधे बता दे पर नहीं...पहले लंबा चौड़ा दिव्य ज्ञान देंगे, उसके बाद किसी बात का जवाब...।'

चारू ने मुँह बनाते हुए कहा। अशोक उसके मुँह को देख कर मुस्कुराने लगे।

'अरे मैडम बड़े लोगों के चोंचले हैं...आज कल लड़के और लड़की वाले कहीं नामी-गिरामी जगह पर रिसॉर्ट या होटल बुक करा देते हैं और वही लड़की वाले और लड़के वालों के रिश्तेदार पहुँच जाते हैं...हो गई शादी। कोई झंझट भी नहीं।'

'अच्छा...चारु ने अपनी आँखों को गोल-गोल घुमाते हुए कहा। तब तो उस जमाने में मेरी भी डेस्टिनेशन शादी हुई थी।'

अशोक चारु का इशारा और कटाक्ष को अच्छी तरह समझ गए थे। चारु के पिता की बहुत इच्छा थी कि उनकी इकलौती बेटी उनके घर से विदा हो...पर अशोक के पिता के आगे उनकी एक न चली और चारु के पिता को अपने रिश्तेदारों सहित अशोक के शहर में आकर शादी करनी पड़ी। अब तो यह बातें सिर्फ कहने की हो गई है लड़की की डोली मायके से और अर्थी ससुराल से उठती है।

अशोक और चारु पैसे की चमक-दमक के आगे कहीं खो से गए थे। सजावट और खाने में पैसा पानी की तरह बहाया गया था। लोग बता रहे थे कि दिल्ली से आर्केस्ट्रा पार्टी को बुलाया गया है। मेज पर सौ तरह के व्यंजन लगे थे, समझ में ही नहीं आ रहा था कि खाना कहाँ से शुरू करें। सब कुछ बहुत ही अच्छा था...पर कुछ ऐसा था जो उन्हें सहज नहीं होने दे रहा था।

फाउंडेशन और पाउडर की मोटी परत के नीचे छुपे झुर्रियों से भरे चेहरे

भी प्लास्टिक मुस्कान के साथ मुस्कुरा रहे थे। चारु इस चकाचौंध के आगे कहीं खो सी गई थी। इस भीड़ में ऑफिस का कोई आदमी भी दिखाई नहीं दे रहा था। किसी ने अशोक और चारू से खाना खाने के लिए आग्रह भी नहीं किया था।धीरे-धीरे अशोक और चारु ने महसूस किया कि इस दिखावे भरी दुनिया में उनका दम घुटने लगा है। अशोक की निगाहों ने बड़ी तेजी के साथ अपने बॉस को ढूंढना शुरू किया।

बॉस एक नामी-गिरामी कंपनी के एक्सक्लूसिव सूट में लोगों के अभिवादन को स्वीकार कर रहे थे अशोक ने आँखों ही आँखों में चारु को इशारा किया और वे बॉस की तरफ चल पड़े।

'बहुत-बहुत बधाई सर!...बहुत ही अच्छा इंतजाम किया है...'

'थैंक यू सो मच...'

गुप्ता जी ने बड़े ही गम्भीर स्वर में कहा। अशोक को समझ में नहीं आ रहा था कि वह आगे क्या कहें। तब उसने अपनी पत्नी की तरफ इशारा करते हुए कहा, 'सर मेरी पत्नी...!'

चारु ने दोनों हाथ जोड़कर सर को नमस्ते किया और शगुन का लिफाफा गुप्ता जी की तरफ बढ़ाते हुए कहा, 'सर यह हमारी तरफ से बेटे और बहू को आशीर्वाद स्वरुप है।'

'नो-नो सॉरी...मैं यह नहीं ले सकता!'

अशोक और चारु आश्चर्य से उन्हें देखते रह गए, 'सर!...ऐसा क्यों कह रहे हैं, यह हमारी तरफ से आशीर्वाद है।'

गुप्ता जी ने अपने ब्रांडेड चश्मे को सफेद रुमाल से साफ करते हुए कहा।

'अशोक जी आपने शायद कार्ड ठीक से पढ़ा नहीं...। मैंने कार्ड पर पहले ही लिख दिया था, नो गिफ्ट, नो एनवेलप...ओनली ब्लेसिंग्स।'

गुप्ता जी जोर से हंस पड़े, अशोक और चारु खिसियाये हुए से एक-दूसरे की ओर देखने लगे कार्ड मिलने की खुशी में उन्होंने कार्ड को ठीक से पढ़ा भी नहीं था। चारु तो कार्ड को देखकर इतनी मोहित थी कि उसने उसमे अपनी और अशोक की फोटो लगाकर ड्राइंगरूम में सजा दिया था। वो दोनों आज पहली बार सुन रहे थे कि लोग कार्ड में ऐसा भी छपवाते हैं। चारु ने धीरे से लिफाफा पर्स में डाल लिया और हाथ जोड़कर तेजी से आगे बढ़ गई।

कहीं ऐसा ना हो गुप्ता जी को कोई सद्विचार आ जाए और वह उससे उसका वह इक्कीस सौ का लिफाफा ले ले। मन ही मन चारु बहुत खुश थी, चलो इक्कीस सौ बचे तो...। चारु ने मन ही मन प्लानिंग कर ली कि ये पैसे तो वो अशोक को वापस नहीं करेंगी। कितने दिनों से वो अशोक से कह रही

थी कि वह उसे स्टोन वाली पायल दिला दे पर अशोक अब-तब कह कर टाल देते थे। अब तो वह इन पैसों से पायल ही लेगी। चारु के चेहरे पर एक विजयी मुस्कान थी। अशोक और चारु ने हल्का-फुल्का ही खाया, वहाँ की दुनिया में वह अपने आप को एडजस्ट नहीं कर पा रहे थे।

'चारु जल्दी करो हमें रामकुमार जी के यहाँ भी चलना है। देखो काफी वक्त हो गया है। बच्चे भी इंतजार कर रहे होंगे।'

'क्या अभी भी चलना जरूरी है...!'

चारु ने बड़े रूखे स्वर में कहा...

'देखो मेरा बहस करने का मूड नहीं है। मैं पहले ही कह चुका था कि मुझे दोनों जगह जाना है...अगर तुम्हें नहीं चलना था तो तुम पहले बोल देती।'

इन बड़े लोगों की पार्टी से उसका मन पहले ही खिन्न हो गया था। कितना उत्साहित थे दोनों इस पार्टी के लिए। इस पार्टी में आने के लिए उसने पार्लर जाकर गोल्ड फेशियल और बालों की सेटिंग भी करवाई थी पर यहाँ न घर वालों को और न ही बाहर वालों को अपने आप से फुर्सत ही नहीं थी। किसी ने एक गिलास पानी भी नहीं पूछा...न किसी ने यह जानने या समझने की इच्छा जाहिर की कि हमने खाना खाया भी है या नहीं। क्या जमाना आ गया है, लोग सजावट खाने और ऊपरी तामझाम में न जाने कितने लाखों खर्च कर देते हैं पर सामान्य शिष्टाचार भी नहीं निभा पाते।

चारु की बिल्कुल भी इच्छा नहीं थी कि वह रामकुमार जी के यहाँ चले...पर अशोक के आगे उसकी एक ना चली...और वह मन मारकर गाड़ी में बैठ गई। आखिर शगुन का लिफाफा भी देना था। शगुन को लेकर चारु और अशोक में काफी चिक-चिक हुई थी। अशोक का कहना था बेटी की शादी है उनकी आर्थिक स्थिति भी बहुत ठीक नहीं है।...पर चारु का कहना था कि ग्यारह सौ बहुत है। अपने खर्चे और जिम्मेदारियां कम है क्या।

अभी एक साड़ी दिलाने को कह दो तो चार महीने टाल देते हो...पर लड़की की शादी की बात हो तो...अरे अब हर किसी की बेटी की शादी का ठेका हमने थोड़े ही ले रखा है, जिसकी जिम्मेदारी है वह समझे।

धीरे-धीरे रात और गहरी होती जा रही थी। दस मिनट में ही अशोक और चारु रामकुमार जी के दरवाजे पर पहुँच गए। घर काफी पुराना था। जयमाल की व्यवस्था सड़क पर ही की गई थी। सड़क को चारों तरफ से घेर कर शामियाना तान दिया गया था। वहीं पर खाने-पीने और जयमाल की व्यवस्था थी। चारू तो मानो जैसे आसमान से गिर पड़ी हो, कहाँ इतनी तामझाम वाली लक्सरी शादी और कहाँ ऐसी। उसने जलती हुई निगाहों से अशोक की तरफ देखा जैसे पूछना

चाह रही हो...कहाँ ले आए हो।

...पर अशोक ने जानबूझ कर उसे अनदेखा कर दिया। मानो वह भी इस बात के लिए तैयार न हो। तभी सामने से हाथ जोड़े एक बुजुर्ग सा व्यक्ति आता दिखाई दिया। उसकी आँखों में आँसू लरज रहे थे,

'साहब बहुत-बहुत धन्यवाद। हम तो आशा छोड़ दिए थे कि आप आएंगे। आज तो बड़े साहब के बेटे का भी कार्यक्रम है न। हमने सोचा हम गरीब के यहाँ कौन आएगा।'

अशोक ने उसके दोनों हाथों को अपने हाथों में लेते कहा,

'रामकुमार जी ऐसा क्यों कहते हैं बेटी की शादी है। आपकी बेटी मेरी बेटी की तरह है, मुझे तो आना ही था।'

चारु अशोक को आश्चर्य से देख रही थी उसने अशोक का यह रूप पहली बार देखा था। धीरे-धीरे घर के सभी लोग बाहर निकल आए। रामकुमार जी ने सभी से चारु और अशोक का परिचय कराया। परिवार के लोग उन्हें घेरकर बैठ गए, कोई मिठाई ला रहा था तो कोई मीठा शरबत तभी किसी ने आवाज दी...अरे साहब के लिए पानी तो लाओ...तब रामकुमार जी ने कहा-

'अरे साहब के लिए यह वाला पानी नहीं उन्हें बोतल वाला पानी लाकर दो। बेटा रमेश...नुक्कड़ से एक पानी की बोतल ले आओ।'

अशोक मना करते रह गए पर रामकुमार जी और उनका परिवार उनकी आवभगत में लगा रहा। लाल पीले रंग की साड़ियों में दमकती औरतों का चेहरा चारु को बहुत ही आकर्षित कर रहा था। उनके सस्ते और सड़क छाप प्रसाधनों के आगे महंगे ब्यूटी पार्लर में सजी हुई महिलाएं भी फेल होते दिख रही थीं। रामकुमार जी की पत्नी बहुत ही सीधे और सरल स्वभाव की महिला थी। उन्होंने चारु के सर पर हाथ रखते हुए कहा,

'बिटिया अभी बारात आने में थोड़ा बखत है, जयमाल देख कर ही जाइएगा। बच्चों को लेकर नहीं आई।'

उनकी बोली और भाषा में इतनी मिठास थी कि चारु का मन अंदर तक भीग गया।उसे समझ में नहीं आ रहा था कि वह उन्हें क्या कह कर संबोधित करें, तब उसने अपने दिल को मजबूत करते हुए न जाने क्या सोचकर कहा,

'अम्माजी बच्चों के इम्तिहान है इसलिए पढ़ाई के लिए उन्हें घर छोड़ दिया है।'

'यह मुआ इम्तिहान भी न...छोटे-छोटे बच्चों की जान के पीछे पड़ा रहता है।समझते हैं बिटिया कितना बोझ है आजकल बच्चों के ऊपर। कोई बात नहीं पर ले आती तो इसी बहाने उन्हें भी देख लिए होते।'

चारु और रामकुमार जी की पत्नी काफी देर तक बात करते रहे। ऐसा लग रहा था मानो वो एक-दूसरे को कितने वर्षो से जानते हो। उनकी बात को सुनकर अशोक मन ही मन मुस्कुरा रहे थे। कहाँ चारु आना नहीं चाह रही थी और अब चारु को देर नहीं हो रही थी। अशोक ने रामकुमार जी से हाथ जोड़कर चलने की इजाजत मांगी।

'रामकुमार जी अब हमें इजाजत दीजिए...काफी रात हो गई है। बारात आने में अभी समय है बच्चे घर पर अकेले हैं।'

रामकुमार जी ने हाथ जोड़कर अशोक से कहा, 'साहब यह हमारा सौभाग्य है कि आप हमारे दरवाजे पर आए हैं पर हमारे यहाँ से बिना खाना खाए चले जाए...यह तो हो नहीं सकता।'

रामकुमार जी ने अपनी पत्नी को इशारा किया और छत पर पूरे परिवार ने दोनों के लिए गरमा-गरम खाने का इंतजाम कर दिया। कोई गरम-गरम जलेबी ला रहा था तो कोई गर्म-गर्म कचौरियाँ। मटर पनीर, कद्दू की सब्जी, दही-बड़े और इमली की मीठी चटनी में चारु और अशोक को पहले कभी इतना स्वाद नहीं आया था जितना आज। न-न...करते-करते भी चारु और अशोक ने इतना खा लिया था उनसे उठते नहीं बन रहा था।

शायद उनका पेट खाने से नहीं प्रेम से भर गया था। तभी रामकुमार जी की पत्नी ने एक दफ्ती के डिब्बे को चारु के हाथ में पकड़ाया।चारु ने आश्चर्य से उनको देखा, 'यह क्या है अम्मा जी...!'

'बेटा बच्चे तो आए नहीं उन्हें मेरी तरफ से गुलाब जामुन खिला देना। हम अपने हाथ से बनाये हैं।'

चारु का अंतर्मन भीग गया। चारु ने एक शब्द भी नहीं कहा और चुपचाप उसे हाथों में ऐसे सम्भाल कर रख लिया मानो ये गुलाब जामुन नहीं बहुत ही अनमोल उपहार ले जा रही हो।

'अच्छा अम्मा जी!...अब आप हमें इजाजत दीजिए, आपसे मिलकर बहुत अच्छा लगा। कभी घर आइयेगा...मुझे बहुत अच्छा लगेगा।'

अम्मा जी ने चारु के सर पर हाथ रखकर ढेरों आशीर्वाद दिए। चारु ने धीरे से लिफाफा निकालकर अम्मा जी के हाथों में रख दिया।

'अरे बिटिया इसकी कोई जरूरत नहीं है, आप लोग आ गए हमारी बिटिया का भाग्य खुल गया।'

'नहीं अम्मा जी!...यह तो हमारा प्यार है आप इसके लिए हमें मना नहीं कर सकती।'

अशोक आश्चर्य से चारु को देख रहे थे क्योंकि यह तो वह लिफाफा

था, जो चारु ने गुप्ता सर के बेटे और बहू के लिए बनाया था। क्या चारु से गलती हो गई थी।...पर उसने तो दो अलग-अलग रंग के लिफाफे बनाए थे। गलती करने का तो सवाल ही नहीं उठता। अशोक मन ही मन मुस्कुरा रहे थे...इन औरतों को समझ पाना सचमुच बहुत मुश्किल है।

चारु और अशोक ने सब से विदा ली और गाड़ी में आकर बैठ गए। दोनों ने एक-दूसरे से रास्ते भर कोई बातचीत नहीं की। चारु रास्ते भर यही सोचती रही कि वास्तव में अमीर कौन है जिन्हें यह समाज समझता है या फिर वह जिनके पास कुछ ना होते हुए भी सब कुछ है...पर हम उसे कभी महत्व नहीं दे पाते। आज अशोक को भी जीवन ने बहुत बड़ा सबक दिया था कि हर चमकने वाली चीज सोना नहीं होती। अशोक और चारु एक-दूसरे को देख मन ही मन मुस्कुरा रहे थे। उसने चारु को उसके मंथन के साथ वही छोड़ गाड़ी आगे बढ़ा दी।

❑❑❑

मॉरीशस किनारे

✍ डॉ. जया आनंद

आज साँची गंगा तलाव मे पाँव डाले विचारों की लहरों में डूबती उतराती जा रही थी। गंगा तलाव मॉरीशस की वो जगह जहाँ पहुंच कर एक छोटा भारत दिखाई पड़ता है। बिल्कुल अपना सा, वही अति सुंदर शिवजी का मंदिर जिसे मारिशेश्वर भी कहते हैं। इसे तेरहवाँ ज्योतिर्लिंग भी कहा जाता है बारह तो भारत में है। साँची ने वहाँ दर्शन किये और कुछ देर गंगा तलाव के पास बैठ गयी। आज उसे भारत वापस जाना था।

मॉरीशस आए साँची को एक महीना हो गया था। वह मॉरीशस विश्वविद्यालय के हिन्दी विभाग के एक प्रोजेक्ट के सिलसिले में आई हुई थी। मॉरीशस के विषय में उसने पत्र-पत्रिकाओं में खूब पढ़ रखा था कि किस तरह भारत से यहां गिरमिटिया मजदूर आए और उन्होंने अपने सोने जैसे देह को गला दिया लेकिन अपनी पहचान को नहीं खोया, अपनी भाषा संस्कृति भारतीयता का खूब प्रचार प्रसार किया। भारत की सांस्कृतिक विरासत को किस तरह उन्होंने बचाये रखा। इसलिए साँची को यहां से एक अपनेपन की खुशबू महसूस होती और वहीं वो अपने दर्द भरे अतीत से भी दूर जाना चाहती थी...अचानक एक छोटी-सी मछली सांची के पैरों में होकर गुजरी, सांची चौक गई, विचारों की लड़ियां टूटी और वह बड़े ध्यान से गंगा तलाव के पानी को देखने लगी। कितना निर्मल कितना स्वच्छ पानी है यहां का, ऐसे ही निर्मल सबका मन हो, सबके लिए स्नेह, कोई ईर्ष्या द्वेष नहीं...।

वह मुंबई में यूनिवर्सिटी में हिंदी प्रोजेक्ट के लिए काम कर रही थी और उसी प्रोजेक्ट के सिलसिले में जब मॉरीशस जाने की बात आई तो वह सहर्ष तैयार हो गई क्योंकि मॉरीशस के विषय में उसने बहुत पढ़ रखा था और साथ ही अपनी उलझी हुई जिन्दगी से दूर सुकून के पलों को भी खोजना चाहती थी। आज गंगा तलाव के पानी की तरलता से उसका मन भी तरल हो रहा था, पर किसके लिए, हां शिखर के लिए। सांची की मुलाकात शिखर से उसी हिंदी

प्रोजेक्ट के दरम्यान हुई। मॉरीशस में शिखर भी उसी प्रोजेक्ट पर काम कर रहा था। शिखर अपने नाम के अनुरूप, लंबा, गठीला शरीर आकर्षक मुस्कान, पुरुषोचित व्यक्तित्व, शालीन, सदा शिखर पर रहने वाला शिखर। सांची न जाने क्यों शिखर को याद कर रही थी।

...और सांची सांवली, सलोनी, बहुत सुंदर नहीं पर अच्छी उससे भी अधिक मन से अच्छी, पूरी सच्ची, अपने विषय की ज्ञाता सामाजिक संदर्भ पर अच्छी पकड़ रखने वाली, अपने विचारों को स्पष्टता से प्रस्तुत करने वाली। प्रोफेसर अरुण ने उस दिन दोनों का परिचय कराया-

'यह शिखर है और आप दोनों एक ही प्रोजेक्ट पर काम कर रहे हैं तो तालमेल होना बहुत जरूरी है। 'मैंने ठीक कहा न!'

साँची और शिखर दोनों ने मुस्कुरा कर हामी भर दी। प्रोफेसर अरुण उन दोनों को यूनिवर्सिटी कॅंपस की लाइब्रेरी में अकेला छोड़ कर चले गए।

'आप कहां ठहरी हैं?' शिखर ने औपचारिक बातचीत की शुरुआत की। 'तरीसा रिसॉर्ट, पर आई मुम्बई से हूँ', साँची का उत्तर भी संक्षिप्त था और औपचारिकता समेटे था।

'...और आप? साँची ने प्रति प्रश्न किया।

'मैं तो मॉरीशस का निवासी हूं, यहां मैं अपनी मां के साथ तीन पीढ़ियों से हूँ, अब तो मॉरीशस ही हमारा देश है।' शिखर ने उत्तर दिया।

'पर मूल तो आप भारत के हैं न!'- साँची तपाक से बोली।

'हाँ वो तो है'...शिखर मुस्कुरा कर रह गया।

'वैसे आप मुझे सही व्यक्ति मिले हैं, आपको तो मॉरीशस का चप्पा-चप्पा पता होगा...तो आप मुझे मॉरीशस का दर्शन कराइए', साँची पता नहीं किस अधिकार से बोल गई।

'जरूर-जरूर क्यों नहीं, यूनिवर्सिटी के प्रोजेक्ट का काम तो 12:30 बजे तक हो जाता है, उसके बाद आप को मॉरीशस का सैर कराता हूँ।' शिखर ने बड़ी ही सहजता से कहा।

अगले दिन यूनिवर्सिटी में प्रोजेक्ट का काम खत्म करने के बाद शिखर, साँची को मॉरीशस के कैपिटल 'पोर्ट लुइस' के वॉटरफ्रंट मॉल में लेकर गया। रंग-बिरंगी छतरियों से आच्छादित वह ओपन मॉल अपने रंग बिखेर रहा था। सामने ही उसके हरा समंदर, नीला आकाश, मॉरीशस की प्राकृतिक छटा को प्रदर्शित कर रहा था। आज शिखर को वही सब कुछ न जाने क्यों नया नया सा लग रहा था। उसका मन अनजानी सी किसी संगीतमय लहरी पर मदमस्त हो चला था।

गाना...

मॉल में ताजे फल सब्जियों की दुकान, गन्ने का जूस और कॉफी शॉप, कपड़ों की चमकती दमकती दुकान थी, मॉरीशस की हस्तकला जिसमे छोटे-छोटे जहाज, पंखे, पर्स आदि की दुकानें, तरह-तरह के बड़े-बड़े स्टेचू, साँची को सभी कुछ अच्छा लग रहा था पर वो छतरी वाली जगह, वहां से उसे जाने की इच्छा ही नहीं हो रही थी। एक अद्‌भुत रंग बिरंगी दुनियां का उसे एहसास हो रहा था। कहाँ वे काले स्याह दिन और कहाँ ये बिखरे पड़े इंद्रधनुषी रंग...

'साँची! आप गन्ने का जूस पिएंगी!

'गन्ने का जूस कुछ! खास है क्या? साँची बोली।

'सांची! दरअसल गन्ना मॉरीशस की प्रमुख उपज है', शिखर ने जानकारी देते हुए बताया।

'हाँ हाँ तरीसा रिसोर्ट के सामने और एयरपोर्ट के पास में गन्ने के बहुत सारे खेत देखे।'

'हां गन्ना यहां की इकॉनमी का प्रमुख आधार है और इससे पेट्रोलियम भी बनाते हैं।' शिखर ने कहा

वहां की भाषा क्रिओल में शेखर ने दो गिलास गन्ने का जूस मांगा और मॉरीशियन 100 दिए।

'क्या! इतना महंगा!, यानी भारत के हिसाब से 200 का जूस! पर भारत में 15 या 20 रुपए में गन्ने का जूस मिलता है।' साँची भोली सूरत बना कर बोली।

शिखर जोर से हंसा 'अरे! मैंने बताया था न! गन्ना यहां की इकोनॉमी का मुख्य आधार है इसलिए गलती से भी तुमने अगर गन्ने के खेत से गन्ना तोड़ लिया तो जेल हो जाएगी।' सॉरी साँची! मैं गलती से आपको तुम बोल गया।

'नहीं कोई बात नहीं हम एक दूसरे को तुम बोल सकते हैं, आखिर हम एक प्रोजेक्ट पर काम कर रहे हैं तो हम दोस्त हुए न!' साँची ने अपनी ने मोहक मुस्कान बिखेर दी।...और शिखर उस मोहक मुस्कान पर निसार-सा होने लगा।

सांची वहां के मॉल से घर के लिए, अपने दोस्तों के लिए छोटी-छोटी चीजें खरीद रही थी और शिखर साँची की हर गतिविधि को बड़े गौर से निहार रहा था। सरल, सौम्य, सहज साँची कोई अप्सरा जैसी सुंदर नहीं या ऐसी नहीं कि जिसे देख कर आहें भरा जाए पर हाँ ऐसी जिसे देखकर फिर कभी भूलने की इच्छा ना हो, जिसे देखकर अपनापन जागे। कितनी अपनी-सी लगती है सांची। शिखर इन पलों को भरपूर जी लेना चाहता था।

हिंदी विभाग में उस दिन सेमिनार था। साँची ने क्रीम कलर की साड़ी पहने थी, माथे पर छोटी-सी बिंदी और नेचुरल कलर की लिपस्टिक में अपने शालीन व्यक्तित्व के साथ खूब फब रही थी। शिखर ने ऑडिटोरियम में प्रवेश किया तो उसकी नजर सीधे सांची पर ही जा टिकी मानो वो उस छवि को पूरी तरह आंखों में भर लेना चाहता हो। साँची और शिखर दोनों ने ही अपने अपने पेपर्स पढ़े। साँची को शिखर के पढ़ने के अंदाज बहुत भाया और वहीं शिखर भी साँची की तारीफ करते नहीं थक रहा था। साँची जहां पहले अपने अस्तित्व अपने व्यक्तित्व को भूलने लगी थी, भूलने लगी थी कि उसने स्कूल कॉलेज के दिनों में कितनी सारी वाद-विवाद प्रतियोगिताएं जीती थीं, सब उसके बोलने की कितनी प्रशंसा किया करते थे...आज शिखर ने और बाकी लोगों ने जब सेमिनार में उसे सराहा तो उसे लगा कि मानों उसे फिर एक मजबूत आधार मिल गया हो, अपनी पहचान स्वयं से एक बार फिर हो गई हो। शिखर की कही हुई बात तो कानों में मिश्री सी घोल रही थी। 'कितना अच्छा बोलती हो साँची तुम, आवाज भी अच्छी और चेहरे का भाव भी बहुत अच्छा...', शिखर ने कहा था। सच साँची और शिखर के बीच एक डोर बंधती जा रही थी...

अगले दिन यूनिवर्सिटी से 12:30 बजे के बाद शिखर फिर हाजिर था साँची को घुमाने के लिए।

'तो आज कहां जाएंगे', साँची ने भोलेपन से पूछा।

'आज हम लोग चलेंगे माउंट चौयसी बीच (Mount Choicy Beach) शिखर के उत्तर में थोड़ी चंचलता या कहूं नटखट अंदाज था। साँची खुश हो गई, उसे समंदर देखना बहुत प्रिय है। मॉरीशस के उत्तर में स्थित माउंट चौयसी बीच मॉरीशस का सबसे लंबा बीच है। समंदर का नीला पानी, उसकी गहराई में दीखते शैवाल, कोरल, यह सब देख कर साँची मंत्रमुग्ध हुई जा रही थी और शिखर अपनी नजरे बचाते हुए चुपके से साँची को निहार लेता। सांवली, सलोनी, कजरारी आंखों वाली, भोली भाली सांची को देखकर शिखर के मन में बार-बार अपने पन का भाव जागता।

'शिखर यहां तो पैरासेलिंग भी होती है! मुझे करना है। आप भी करेंगे क्या मेरे साथ?' सांची चहक कर बोली।

'आप कौन? हम जब दोस्त हैं तो इतनी औपचारिकता क्यों?'

'...अ...अ शिखर तुम भी पैरासेलिंग करोगे क्या? साँची बोलते हुए कुछ शरमा सी गई।

'हाँ जरूर करूंगा, मुझे भी यह यह वॉटरस्पोर्ट बहुत पसंद है।' शिखर पूरे जोश में था।

शिखर और साँची पैरासेलिंग के जरिए हवा से बातें करने लगे।

अचानक साँची का पैराशूट समुद्र में बने प्लेटफॉर्म पर लैंड होने के बजाय समुद्र में ही लैंड हो गया और साँची इतना डर गई कि बेहोश हो गई। उसे जब होश आया तो उसने खुद को मॉरीशस के 'सिटी हॉस्पिटल' के बेड पर पाया और सामने शिखर चिंतित सा दिखाई पड़ा।

'मुझे यहां आप ले कर आये!' साँची धीमे से बोली

'फिर आप...नहीं...पैराशूट से सीधे हॉस्पिटल के बेड पर आ गई।' शिखर ने हंसते हुए कहा।

पर...मुझे यहां लाने की क्या जरूरत...साँची की आवाज गले में ही अटक कर रह गई।

'दरअसल तुम्हें सीवियर सी इंफेक्शन हो गया था...कल तुमने समंदर में डुबकी जो लगाई थी...इसलिए एडमिट करना पड़ा। कल छुट्टी मिल जाएगी', शिखर बोला।

'अच्छा ये ऑरेंज खाओ' शिखर ने बड़े प्यार से ऑरेंज छील कर साँची के मुँह में डाल दिया।

साँची कुछ बोल नहीं सकी बस आंखों के किनारों से दो बूँदे ढुलक कर तकिये को भिगोती चली गई...और वहीं गूंज गईं वो बातें जिन्हें वो कभी नहीं सुनना चाहती 'तबीयत खराब का तो बहाना बना रखा है, कोई काम आता है ठीक से तुम्हें...'

कहाँ शिखर का इतना ख्याल रखना और कहाँ वो सब...साँची की आँखे आंसुओं के सैलाब से भर गयी थीं।

दूसरे दिन साँची को हॉस्पिटल से छुट्टी मिल गयी। शिखर ने साँची को बड़ी ही आत्मीयता से कंधे का सहारा देते हुए अपनी कार में बिठाया और तरीसा रिसोर्ट पर साँची को ड्रॉप किया। 'शिखर आप आइए यहाँ के रेस्टोरेंट में डिनर कर लेंगे', साँची धीरे से बोली।

'फिर आप!' शिखर मुस्कुराया

'मेरा मतलब...तुम आओ न डिनर करके जाओ', साँची के स्वर में संकोच साफ झलक रहा था।

'नहीं फिर कभी' माँ मेरा इंतजार कर रही होगी...टेक केयर साँची साँची एक टक शिखर की आंखों को देखती रह गयी जिसमे उसे सौम्य स्नेह ही दीख रहा था। शिखर एक हाथ से बाय करते हुए मुस्कुराते हुए कार ड्राइव करते हुए चला गया।

सांची ने कमरे में ही डिनर मंगवा लिया पर उससे खाया नहीं जा रहा

था। मन कुछ विचलित हो रहा था, उसका गुजरा कल उसे कचोटता और वहीं शिखर का ख्याल बार-बार उसके मन मस्तिष्क पर छा रहा था जिसे वह हटाना चाहती थी।

साँची ने मन को संतुलित करते हुए प्रोजेक्ट का काम करने लगी। व्यस्त रहो मस्त रहो यह सिद्धांत उसे हमेशा प्रिय रहा है।

अगली सुबह स्वस्थ मन के साथ सांची विश्वविद्यालय परिसर गई और काम में जुट गई।

'साँची! आज क्या घूमने का मूड नहीं है?' शिखर ने मुस्कुराते हुए पूछा।

'आज...आज कहाँ चलेंगे शिखर! वैसे भी तो दो ही दिन बचे हैं, थकान हो जाएगी।

'नहीं होगी थकान, बल्कि तुम रिचार्ज हो जाओगी और मन को विश्रांति मिलेगी', शिखर ने जोर देकर कहा।

'अच्छा!' साँची ने अपनी प्यारी-सी मुस्कान बिखेर दी।

आज शिखर सांची को गंगा तलाव ले गया। वह जगह तो ऐसी थी कि मानो भारत का ही कोई शहर हो। रामकृष्ण, गणेश के मंदिर तलाव का नाम भी गंगा और सुंदर स्वच्छ शिव मंदिर जिसे मौरिशेश्वर कहते हैं। शिखर ने बताया कि यह तेरहवाँ ज्योतिर्लिंग माना जाता है बारह तो भारत में हैं। सचमुच साँची को यहां आ कर बहुत शांति मिली। शिखर और साँची ने मौरिशेश्वर के दर्शन किए।

'साँची! तुमने कुछ मांगा', शिखर ने पूछा।

'नहीं मैं कुछ नहीं माँगती ईश्वर से, ईश्वर जो करेगा अच्छा करेगा', साँची ने शांति और सौम्यता के साथ उत्तर दिया।

'तुमने कुछ मांगा शिखर!' साँची ने भी पूछ लिया।

'हां मांगा तो...', शिखर ने लंबी सांस खींचते हुए कहा।

'क्या?' सांची ने तुरंत दूसरा प्रश्न किया।

'मांगा हुआ बताते नहीं, नहीं तो पूरा नहीं होता', शिखर ने हँस कर उत्तर दिया।

साँची के चेहरे पर भी मुस्कान बिखर गई।

साँची और शिखर दोनों के बीच बंध रहा था आकर्षण का पुल, पनप रहा था मौन संवाद जहां बिना बोले एक दूसरे के भाव पढ़ भी लिए जाते हैं और समझ भी लिये जाते हैं।

'साँची! मेरा घर यहीं पास में है, माँ भी तुमसे मिलकर खुश होंगी', शिखर ने कुछ अधिकार भाव के साथ कहा।

'अरे वाह! चलो आंटी से भी मिलना हो जाएगा...और आज न मुझे गरम समोसे खाने का मन कर रहा है, मुझे समोसे बहुत पसंद है, आंटी के साथ गर्म चाय और समोसे...', साँची चहक कर बोली।

'अरे वाह! चलो मेरे घर के पास इंडियन रेस्टोरेंट है, वहां समोसे मिलते हैं', शिखर बोला।

शिखर सांची को अपने घर ले गया और उससे पहले उसने रेस्टोरेंट से समोसे लिए।

'अरे शिखर! तुम क्यों खर्च कर रहे हो मैं पैसे देती हूं न', साँची जोर से बोल पड़ी।

'मैं तो तुम्हारा पूरा खर्च उठाना चाहता हूँ, यह तो कुछ नहीं 'शिखर धीरे से बुदबुदाया।

'क्या...!' सांची कुछ ठीक से समझ नहीं पाई।

'कुछ नहीं मैं समोसे के पैसे दूंगा, आखिर मैं तुम्हें अपने घर लेकर आया हूं न', शिखर के स्वर में अधिकार भाव स्पष्ट हो रहा था।

समोसे लेकर शिखर सांची को अपने घर ले आया। शिखर का घर गंगा तलाव से मात्र 10 मिनट की दूरी पर था। छोटा-सा प्यारा-सा घर, बाहर थोड़ी-सी जगह में फूल पौधे लगे थे और एक छोटा सा झूला लटक रहा था। अंदर कमरे में सादगी साफ दिखाई पड़ रही थी। किताबें सजी हुई, सरस्वती की छोटी सी मूर्ति, मेज पर कई सारी हिंदी की पत्रिकाएं...लग रहा था किसी हिंदी साहित्यकार का घर। भीतर से शिखर की मां बाहर आई। साँची ने तुरंत ही उठ कर उनके पैर छुए।'

'अरे अरे खुश रहो इसकी कोई जरूरत नहीं', माँ बोलीं।

'नहीं आंटी हमारे यहां तो अपने से बड़ों के पैर छूने की परंपरा है', साँची स्नेह से बोली।

'खुश रहो, खुश रहो बेटा', मां की बोली में वात्सल्य भाव समा गया।

'मां! मैं समोसे लाया हूं तुम चाय बना दो', शिखर ने माँ का हाथ पकड़ कर दुलराते हुए कहा।

'अरे नहीं आंटी! आप मुझे बता दीजिए चीनी, चाय, दूध कहां रखा है, मैं बनाती हूं चाय। मैं अच्छी चाय बनाती हूं', साँची ने बड़े ही अपनेपन से कहा।

शिखर बड़े ध्यान से सांची की एक-एक बात पर गौर कर रहा था। साँची की हर बात शिखर को अपनी ओर खींच रही थी। अपनेपन की खुशबू से शिखर खोया जा रहा था। साँची इतनी अपनी सी क्यों लगती है, वह नहीं जानता। वह साँची को कहना चाहता है अपने मन की बात पर कह नहीं पाता।

साँची ने अदरक वाली अच्छी-सी कड़क चाय बनाई। माँ और शिखर दोनों ही साँची के इस अपनत्व से बहुत खुश हो गए। शाम हो रही थी इसलिए शिखर साँची को तरीसा रिसोर्ट तक छोड़ने चला गया। कार से उतरते समय साँची और शिखर की आँखे मिल गयीं...साँची झेंपते हुए अंदर चली गई। कपड़े बदल कर वह रिसॉर्ट के सामने वाले बीच पर टहलने लगी पर उसका मन तो कहीं शिखर के ख्यालों से गुजर रहा था। कहीं वह शिखर से...नहीं नहीं ऐसा नहीं ऐसा नहीं है।

अगली सुबह विश्वविद्यालय कैंपस में शिखर और साँची मिले। काम पूरा होने के बाद वही यूनिवर्सिटी की कैंटीन में दोनों ने साथ-साथ चाय पी। कुछ मिनटों की चुप्पी के बाद शिखर बोला, 'साँची! मैं तुमसे कुछ कहना चाहता हूँ।'

साँची ने कुछ भी नहीं कहा बस चाय के कप की ओर निहारती रही।

'सांची! हममें कितनी सारी बातें एक-सी हैं और तुम्हारा साथ तो मुझे बड़ा प्यारा लगता है, 'स्वीटनेस इज रिवार्ड ऑफ आवर फ्रेंडशिप', क्या तुम चाहोगी कि मैं तुम्हारा खर्च जीवन भर उठाऊँ।' शिखर स्नेहिल भाव से बोला।

साँची की आंखें भर गई थी। उसने पलके झुकाए हुए कहना शुरू किया। 'शिखर! तुम बहुत अच्छे हो, बहुत जिम्मेदार, अनुशासित हो, कोई भी लड़की तुम्हारे साथ खुश रहेगी पर...पर तुम्हें मेरा अतीत नहीं मालूम,...मेरे जीवन का एक स्याह पक्ष है, मेरा तलाक हो चुका है, मैं तलाकशुदा हूँ। 'कहते कहते साँची की आंखों से आंसू की बूंदें चाय के कप में गिर गई। शिखर अनमने भाव के साथ मौन रह गया। वह शायद समझ नहीं पा रहा था कि वह क्या करें, वह शायद ऐसी स्थिति के लिए तैयार नहीं था। वेटर बिल ले आया था, साँची ने बिल के पैसे दिए और आसूं पोछते हुए भी चली गई। शिखर अकेला कुर्सी पर बैठा रह गया।

अगले दिन साँची की शाम की फ्लाइट थी। सुबह-सुबह सांची गंगा तलाव गई और मारिशेश्वर के दर्शन किए और मन ही मन शिखर के लिए अनगिन दुआएं मांग ली और फिर गंगा तलाव में पैर डाले साँची विचारों की लहरों में डूबती उतराती जा रही थी। मॉरीशस से जाने का दर्द या शिखर से दूर जाने की पीड़ा। शायद सांची के मन को साल रही थी। जिंदगी ऐसी ही होती है जहां धीरे-धीरे सब कुछ छूटता है। छूटने का दर्द, किसी के ना होने का दर्द।

साँची अचानक चौक गई किसी ने उसके सर पर हाथ रखा। पीछे मुड़कर देखा तो मोरेश्वर के पंडित जी थे, 'बेटा ये लो मारिशेश्वर का प्रसाद'

साँची ने भाव सहित प्रसाद ले लिया और उन्हें प्रणाम किया पर उसकी आंखें किसी को ढूंढती हुई सी लग रही थी पर कोई नहीं था वहाँ...साँची की

कार मॉरीशस के रामगुलाम एयरपोर्ट का सफर तय करने लगी। दोपहर की उसकी फ्लाइट थी। एयरपोर्ट उतरकर सांची ने फिर पीछे मुड़कर देखा शायद ...कोई...नहीं कोई नहीं था उसके पीछे। दोपहर ठीक बजे साँची ने मॉरीशस से भारत की ओर उड़ान भरी।

साँची को भारत गए दस दिन हो रहे थे इधर शिखर का मन झंझावातों से घिरा था। आंखों के आगे बार-बार सांची का चेहरा घूमता। साँची और उसमें कितनी समानता थी, दोनों प्रकृति प्रेमी, अपनी भाषा के अनुरागी, बौद्धिक तालमेल जिसे उसने प्रोजेक्ट के दौरान कई बार अनुभव किया था, साँची का गाम्भीर्य, उसकी भोली-सी मुस्कान, उसका शालीन व्यक्तित्व और इन सब के ऊपर उसका अपनापन, आत्मीयता, शिखर कुछ भी नहीं भूल पा रहा था। और नहीं समझ पा रहा था साँची के अतीत को स्वीकार कर पाना। चारों ओर सूनापन, बेचौनी, तन्हाई से भर गया था शिखर।

साँची, साँची कहते हुए शिखर सुबकता जा रहा था।

साँची को मुंबई आए छः महीने हो रहे थे। उस दिन कलिना मुंबई यूनिवर्सिटी के हिन्दी विभाग में सेमिनार था। साँची की ख्याति एक अच्छी वक्ता के रूप में और विषयवस्तु की जानकर के रूप में हो चुकी थी। साँची ने अपना पेपर पढ़ा, तालियों की गड़गड़ाहट से पूरा हॉल भर गया। साँची मुस्कराहट बिखेरती हुई पोडियम से नीचे उतरने लगी तो उसका पैर लड़खड़ा गया, वह लगभग गिरने ही वाली थी कि किसी ने उसका हाथ थाम लिया।

'अरे! ये तो शिखर है', साँची अवाक रह गई।

'तुम! यहां'...सांची आश्चर्य से बोली।

'हां मैं यहां तुमसे मिलने आया हूं', शिखर शांत भाव से बोल रहा था।

शिखर ने कहा, 'चलो साँची! विश्वविद्यालय की कैंटीन में बैठते हैं।

वही दोनों जाकर बैठ गए और दो चाय समोसे मंगवा लिए। शिखर बड़े आत्मीय भाव से सांची से कहने लगा।

'साँची! इन छः महीनों में मैंने बहुत सोचा...बहुत सोचा तुम्हारे बारे में, सोचा मन से शायद तुम्हें हटा सकूँ पर ऐसा मैं नहीं कर पाया और मुझे यही लगा कि तुम्हारा अतीत जो भी रहा हो पर जितना मैंने तुम्हें जाना है तो बस मुझे यही लगा कि वह व्यक्ति बहुत अभागा है जिसने तुम्हारी कद्र नहीं की और सबसे बड़ी बात मुझे तुम बहुत अपनी सी लगती हो। ऐसा लगता है, मैं तुम्हें कई बरसों से जानता हूं, इसी अपनेपन की डोर से मैं तुम्हारी ओर खिंचा चला आता हूँ। मैं तुमसे दूर नहीं रह सकता, तुम्हारा साथ तुम्हारी बातों में इतना रस मिलता है मानो मेरी पूरी जिंदगी मिठास से भर जाएगी...साँची! मैं तुम्हारे जीवन भर का

खर्च उठाना चाहता हूँ, बोलो साँची! क्या तुम तैयार हो, क्या...क्या मैं तुम्हें पसंद हूं?' शिखर एक सांस में सब बोलता चला गया कैंटीन वाला चाय समोसे का बिल ले कर आ गया था। साँची ने बिल शिखर की ओर बढ़ा दिया...सांची की पलके भीगी जा रही थी साथ ही बिखर गई थी उसके होठों पर प्यारी-सी मुस्कान।

इति शुभम।

❑❑❑

चिलबिल का पेड़

✍ सीमा सिंह

स्कूल जाने के रास्ते में एक पेड़ था चिलबिल का, बहुत बड़ा, आसमान छूती उसकी शाखायें भूरे रंग की सुनहरी आभा लिये हुये! जाने क्यों वो पेड़ मुझे बहुत पसंद था आते जाते मैं रूक कर एक नजर उसे देख जरूर लेती, जब कभी तेज हवा चलती तो वह झूम उठता, हवा के साथ एक संगीत उसके पत्तों से निकलता, और झरते हुये उसके फल ऐसे लगते मानो आसमान से रौशनियाँ झर रहीं हों। ऐसे समय मैं मंत्र मुग्ध-सी उसे देखती रहती, जी करता उसे आँखों में बसा लूँ कोई जादू था उसमें जो वह अपनी ओर मुझे खींचता। ममता (मेरी दोस्त) के बार बार टोकने पर स्कूल के लिये आगे बढ़ती! चलने से पहले हम दोनो हथेलियों में चिलबिल के कुछ फल भर लेते फिर पूरा रास्ता उसके बीजों और हमारी बातों में कट जाता।

पेड़ के दाहिनी तरफ एक बड़ा-सा तालाब था जिसे किसी ने बनवाया नही था बरसात का पानी उस बड़े से गढ्ढे में इक्कठा हो जाता और धीरे-धीरे वो गढ्ढा तालाब में तब्दील हो गया, जहाँ मुहल्ले की बहुत सी महिलायें शादी ब्याह के मौकों पर ढोल मंजीरे के साथ कोई रस्म करने आती और हँसी ठिठौली गीत संगीत के बीच तालाब को जीवंत कर देती। वापसी में वे सभी चिलबिल के नीचे आराम करती बतियाती और हँसते गाते वापस चली जाती। इसी तरह मुहल्ले में कोई बारात आती या जाती तो चिलबिल के नीचे जरूर रूकती। पेड़ एक पड़ाव हो गया था आने जाने वालों के लिये! चिलबिल के पेड़ के बायीं तरफ उसी से लगा एक विशाल नीम का पेड़ था जिससे सटी हुई एक मजार थी जिसे मुहल्ले के लोग सईद बाबा की मजार के नाम से जानते थे। ये बाबा कौन थे क्या थी इनकी कहानी वहाँ कोई नहीं जानता था। हमारे होने के साथ ही वो मजार भी वहीं थी जहाँ बहुत से लोगों का आना जाना था। जुमें के रोज वहाँ दर्शन करने वालों की भीड़ लग जाती बड़ी संख्या में लोग मजार पर आते अगरबत्ती जलाते और प्रसाद में रेवड़ी चढ़ाते। हम बच्चों को ये रेवड़ियों बड़ी

पसंद थी जिसे खाने की लालच में हम सब हर जुमें वहाँ जाते और लोगों से रेवड़ियाँ माँग लेते। उस समय प्रसाद माँग कर खाना अच्छी बात समझी जाती थी। वैसे हमारी माँ भी हमें एक या दो रूपये की रेवड़ी खरीद मजार पर चढ़ाने के लिये भेज देती थी। हरी चादर से ढकी मजार और उसी के पास बैठे एक आदमी को हम वो रेवड़ी दे देते वे उसमें से कुछ रेवड़ियाँ निकाल मजार पर चढ़ा कर बाकी हमें वापस कर देते। हम बच्चे बाहर निकल अपनी चप्पल पहनते और पहुँच जाते चिलबिल के नीचे, जहाँ अंधेरा होने तक हमारे खेल चालू रहते।

जाड़े के दिनों में स्कूल थोडा देर से लगते हम बड़े आराम से उठते और तैयार हो ममता के घर पहुँच जाते, वहाँ से हम दोनों पैदल स्कूल की ओर निकल लेते। ऐसी ही एक जाड़े की सुबह स्कूल जाते हमें चिलबिल पर झुके एक बाबा दिखाई दिये, वे झुक कर नीचे जाने क्या खोज रहे थे, थोड़ी देर में वे खड़े हुये और आगे बढ़ गये। उनके कंधे पर एक कपड़े का झोला टंगा था, वे उसमें अपना हाथ डालते भीतर से मुठ्ठी में कुछ निकालते और पेड़ की जड़ों में डाल देते...।

मैंने ममता से पूछा- 'ये क्या डाल रहे पेड़ में।'

ममता ने कंधे उचकाते हुये कहा...'मुझे क्या पता...'

स्कूल न जाना होता तो हम जरूर रूक कर उनसे पूछते पर हमें देर हो रही थी सो हम जल्दी जल्दी कदम बढ़ाने लगे! वापसी में मैंने कौतूहल वश चिलबिल के आसपास नजर दौड़ाई कि शायद सुबह वाले बाबा फिर से दिख जायें मगर वहाँ कोई नहीं दिखा। अगले रोज फिर वही बाबा अपना झोला लिये मजार के पास से चले आ रहे थे, इस बार मैंने ध्यान से देखा भूरे रंग का कुर्ता पजामा उस पर सदरी और बगल में वही झोला, आँखों में पावर का चश्मा, बाल एकदम सफेद और उम्र हमारे बाबा के आस पास यानि साठ पैंसठ के बीच। मैं और ममता रूक कर उन्हें देखने लगे, वे कल की ही तरह झोले में हाथ डाल कुछ निकालते और जमीन पर डाल देते। हम दोनों थोड़ा आश्चर्य और थोड़ा डर से चुपचाप स्कूल निकल लिये! हमने अपने घरों में झोली बाबा की कहानियाँ सुनी थी जो बच्चों को उठा ले जाते थें। इस डर में हम चिलबिल को भूल ही गये और जल्दी से स्कूल के रास्ते पर आगे बढ़ लिये। अब वे बाबा रोज ही हमसे टकराने लगे हम स्कूल जाते और वे मुहल्ले की तरफ, आश्चर्य ये भी था कि मोहल्ले में और कोई उन्हें कुछ नहीं कहता बल्कि कोई राम राम करता तो बाबा उसका जवाब सीताराम करके देते और कोई सलाम करता तो वे वालेकुम सलाम कहते। उनके चेहरे पर हमेशा एक मीठी-सी मुस्कान रहती और वे मुहल्ले के लोगों से बड़े प्यार से बात करते।

एक दिन बड़ी हिम्मत कर मैने माँ को उन बाबा के बारे में बता दिया उन्होंने कहा तो कुछ नहीं बस उनसे दूर रहने की हिदायत और दे डाली। अब शाम के समय मजार में हम बच्चों के बीच उन्ही बाबा का जिक्र होने लगा, किसी को कुछ भी नही पता पर सब अपनी अपनी समझ से कहानी सुनाते, कोई कहता वे बच्चों को उठाने वाले हैं कोई कहता वे भीख माँगने वाले है कोई कहता कि वे कोई जासूस है हर बच्चे के पास अपनी समझ के हिसाब से एक कहानी थी और वे बड़े चाव से उसे सुनाते ऐसी चर्चा में हम सब का खेलना कम हो गया और झुंड बना कर बातें करना बढ़ गया...।

मुहल्ले के भीतर जाने के लिये दो कच्चे रास्ते थे और मजार चिलबिल और तालाब के आसपास का हिस्सा मिलकर एक बड़ा एरिया था जिस पर हम बच्चे शाम को जमघट लगाते थे। कोई क्रिकेट खेल रहा होता तो कोई पतंग उड़ा रहा होता कोई कंचे खेल रहा होता तो कहीं आइस पाइस खेला जा रहा होता. ..बचपन इतना ही मासूम होता है जहां धर्म जात पात ऊँच नीच कोई कुछ नहीं देखता। हांलकि मुहल्ले में अधिकतर घर निचली जाति के थे और उसके बाद मुसलमानों के ठाकुर और ब्राह्मणों के घर गिने चुने ही थे इसके बावजूद वहाँ कभी किसी तरह का धार्मिक और वर्गीय विभाजन देखने में नहीं आया। हम जिस उत्साह से होली मनाते उसी श्रद्धा से ताजियों पर सिर झुकाते, ईद की सेवियाँ हमारे घर पहुँच जाती और होली की गुझिया उनके घर! मेरी ममता के अलावा एक और दोस्त थी मरियम, जो मेरे साथ तो नहीं पढ़ती थी पर हमारी पड़ोसी थी, स्कूल के बाद का सारा समय मेरा उसके और उसकी दो बहनों हुसन और सायरा के साथ बीतता। एक दिन शाम के वक्त मैं और मरियम मजार पर निकले अपनी बातों से मगन चिलबिल के पास पहुँचे तो देखा कुछ लोगो का झुण्ड किसी को घेर कर खड़ा है जिसमें बच्चे और बड़े दोनों शामिल हैं। कौतूहलवश हम दोनों भी भीड़ में घुस गये...अन्दर देखा तो वही झोली वाले बाबा गांधी बाबा की कोई कहानी सुना रहे थे हमें भी मजा आने लगा और हम दोनों रूक कर कहानी सुनने लगे। जैसे जैसे उनकी कहानी आगे बढ़ती हम लोगों के चेहरे का रंग बदलता जाता थोड़ी देर बाद बाबा थक गये और बोले...'अब आगे की कहानी कल सुनाऊँगा।' सबने हाँ में सिर हिलाया और हम बच्चों का झुण्ड बिखर गया। हम दोनो वहीं खड़े रहे बाबा ने अपने झोले में हाथ डाला और एक टॉफी निकाल हम दोनों को दी, हमने एक दूसरे का मुँहे देखा फिर टॉफी को देख उसे ले लिया बाबा उसी शीतल मुस्कान से उठे और चले गये। अब अक्सर शाम को मैं लैला और कभी कभी ममता बाबा की कहानियाँ सुनने चिलबिल के नीचे इकट्ठा हो जाते बाबा भी कभी गांधी बाबा तो कभी भगत सिंह तो

कभी चन्द्रशेखर आजाद की कहानियाँ सुनाते। इस तरह हम अपने देश के इतिहास और आजादी में शामिल नायकों से परिचित होने लगे। खेल-खेल में ही हमारा इतिहास ज्ञान बढ़ने लगा और हमें पता भी नहीं चला।

अब बाबा से हमारी अच्छी खासी दोस्ती हो गई थी, डर भी नहीं लगता बल्कि हम सब कुछ ज्यादा ही बोलने बतियाने लगे थे उनसे। ऐसे ही एक दिन मैने बाबा से पूछा...ये आप झोले में से निकाल जमीन पर क्या डालते रहते है?

बाबा बोले, 'चींटियों को खाना।'

चींटियों को खाना सुन कर मैं आश्चर्य से उन्हें देखने लगी।

'भला चींटियों को कौन खाना डालता है',...मैने उनसे पूछा।

वे बोले, 'दुनिया में प्रत्येक चीज जो जीवित है उसे खाने की जरूरत है मैं जब इस दिशा में निकला तो सोचा उन्हें खाना दूँ जिन्हें कोई नहीं देता।'

मैंने अपने जीवन में पहला और आखिरी व्यक्ति देखा था जो चींटियों को खाना डालता था! वो उम्र नही थी उन्हें समझने की पर जीवन में ऐसे बहुत से मौके आये जब वे बाबा खूब याद आये! अब हम बच्चों की दिनचर्या में स्कूल और खेल के बाद बाबा की कहानियाँ भी शामिल हो चुकी थी जो बिना किसी रुकावट के हर रोज सुनाई जाती और हम बच्चे उनसे समृद्ध होते रहते।

दिन गुजरते गये बाबा का मुहल्ले में आना बदस्तूर जारी था, मुहल्ले के लोग भी बाबा का बहुत एहतराम करते और बाबा भी सबके सुख-दुख में साथ देते। इतना समय बीत जाने के बाद भी कोई नहीं जानता था कि उनका असली नाम क्या है वे कहाँ रहते हैं कहाँ से आये हैं, और कभी इस बात को जानने की जरूरत भी नहीं पड़ी किसी को। एक दिन सुबह-सुबह चिलबिल के पेड़ के नीचे बहुत सारी भीड़ लगी थी लगता कि पूरा मोहल्ला इकट्ठा हो गया हो। हम और ममता स्कूल जा रहे थे हमने मामला जानने की कोशिश लेकिन भीड़ बहुत ज्यादा थी हमें कुछ भी दिखाई नहीं दे रहा था साथ ही स्कूल के लिये देर भी हो रही थी। हम तेज कदमों से वहाँ से चल दिये। दोपहर को जब वापस लौटे तो देखा मजार पर भीड़ जस की तस थी साथ ही पुलिस की जीप और दस बारह पुलिस कर्मी भी मौजूद थे। हम दोनों डर गये, लेकिन ये जानने कि जिज्ञासा भी थी कि आखिर हुआ क्या है। हम दोनों भीड़ में जगह बनाते हुये अन्दर की ओर चले गये और भीतर का दृश्य देख सहम गये। सामने सफेद कपड़े में लिपटी किसी की लाश थी और लोग उसी के लिये आपस में बहस कर रहे थे जिसके लिये ही पुलिस बुलाना पड़ी थी।

हमें कुछ भी समझ नहीं आ रहा था कि आखिर माजरा क्या है तभी मोहल्ले के हमारे पड़ोस के चाचा ने हमें देख लिया और डाँट कर हम दोनों को

वहाँ से भगा दिया। घर पहुँच कर भी मेरे भीतर वही दृश्य घूम रहा था, आखिर तंग आकर मैने माँ को सारी बात बताई और उनसे पूछा कि आखिर हुआ क्या है। वे बोली कि वो लाश उन्ही चींटियों वाले बाबा की लाश है कल रात वे चिलबिल के नीचे मरे हुये मिले। कुछ लोग उन्हें हिन्दू समझ कर जलाना चाहते हैं तो कुछ मुस्लिम समझ दफनाना और सारा झगड़ा इसी बात को लेकर है। इसी झगड़े को निपटाने के लिये पुलिस आई है, इतना बता कर माँ अपने काम में लग गई और मेरा मन जैसे डूब गया। अभी भी बहुत से सवाल थे जिनका जवाब नहीं था, मन कर रहा था कि भाग कर ममता के पास चली जाऊँ और इन सारी बात पता करूँ लेकिन रात के समय बाहर नहीं जा सकती थी इसलिये चुपचाप बिना खाना खाये ही सो गई। अगली सुबह स्कूल जाते समय चिलबिल के पेड़ पर नजर गई वहाँ कोई नहीं था एक अजीब सा सन्नाटा पसरा हुआ था। मैने सर ऊपर कर चिलबिल को देखा उसकी पत्तियाँ झर रही थीं मानो रो रहा हो।

❑❑❑

बंधन

✍ अर्चना गुप्ता

'रानी, सफाई खत्म करके दोपहर का खाना बना लेना। मैंने कस्टर्ड बना कर फ्रिज में रख दिया है, बच्चे स्कूल से आ जाए तो खाने के बाद दे देना मुझे लौटने में देर हो सकती है।'

नेहा जल्दी-जल्दी काम खत्म करते हुए अपनी मेड को निर्देश भी देती जा रही थी। आज उसको अपने सीए अमित के ऑफिस भी जाना था, कुछ डाक्यूमेंट्स देने थे। इनकम टैक्स रिटर्न जमा करने की अंतिम तिथि पास आ गई थी इसीलिए ग्यारह बजे उनकी मीटिंग थी। नेहा वार्डरोब खोलें खड़ी थी...कौन सी साड़ी पहनूँ? कुछ हल्के रंग की पहन लूँ!...मेरे पास तो एक भी हल्के रंग की साड़ी नहीं है, सुमित को मुझ पर हल्के रंग भाते ही न थे। वो मजेंटा कलर की शिफॉन की साड़ी पहनने के लिए निकालती है पर अनायास ही कुछ याद आ गया...

उस दिन, सुमित को सरप्राइज देने के लिए अचानक हीं उसकी शॉप चली जाती है, सुमित का लंच ले कर के...सुमित की किसी कस्टमर से बहस हो रही थी, शायद उसकी साड़ियाँ तैयार नहीं हो पाई थी और उसे जल्दी थी! वह बार-बार कह रही थी।

'आज डिलीवरी देनी थी आपको, मेरे घर शादी है, मैं बार-बार नहीं आ सकती...'

'मैम!...बस एक घंटे की बात है आपका सामान आ रहा है, लड़का रास्ते में जाम में फंस गया है...आता ही होगा।'

सुमित समझाने का प्रयत्न कर रहे थे...

'मेरा एक सुझाव है...'

नेहा ने बीच में हस्तक्षेप किया।

'आप अपना एड्रेस और फोन नंबर हमें दे दीजिए हम आपका सामान घर पहुँचा देंगे या फिर आपको कुछ और शॉपिंग करनी हो तो आप कर लीजिए फिर

आप जहाँ पर होंगी हम वहाँ आपका सामान पहुँचा देंगे...'

'हाँ यह ठीक रहेगा, मुझे पास वाले मार्केट से कुछ और खरीदारी करनी है, मैं वह कर लेती हूँ। तब तक मेरा सामान भी आ जाएगा...!'

वह महिला नेहा की बात से संतुष्ट होकर चली गई, 'थैंक्स नेहू!...आज तो तुम ने बचा लिया, उन्होंने अपनी बेटी की शादी के लिए सारी साड़ियां और लहंगा हमारे यहां से ही लिया है, अगर यह नाराज होकर जाती तो हमारी शॉप की इमेज खराब हो जाती, साड़ियां फिनिशिंग के लिए कारखाने गई थी वहीं से आ रही है पर लड़का जाम में फंस गया है।'

सुमित ने राहत की सांस लेते हुए कहा...

'कोई बात नहीं डिलीवरी के साथ उनको एक थैंक्यू गिफ्ट दे देना उनको अच्छा लगेगा और शॉप की रेपुटेशन भी बढ़ेगी।'

नेहा ने सुझाव दिया...

'अरे वाह!...यह तो बहुत अच्छा आइडिया है, मैं साड़ियों के स्टाइलिश साड़ी कवर, साथ में गिफ्ट करूंगा अच्छा इंप्रेशन जाएगा...'

सुमित उत्साह के साथ बोले...

'नेहा तुम भी ज्वाइन कर लो ना बिजनेस को...कितने अच्छे आइडियाज है तुम्हारे पास और कस्टमर को भी कितने अच्छे से संभाल लेती हो। तुम एक बहुत अच्छी बिजनेस वुमन साबित हो सकती हो। अरे!...मैं तो पूछना ही भूल गया आज अचानक यहाँ...?'

'आज तुम जल्दी चले आए थे...ठीक से नाश्ता भी नहीं किया था तो सोचा क्यों ना मैं खाना लेकर आ जाऊं। इसी बहाने तुम्हारी शॉप भी देख लूंगी।'

नेहा ने मुस्कुराते हुए कहा...

'यह तुमने बहुत अच्छा किया, और आज इसी खुशी में तुम्हें कुछ तोहफा मिलना चाहिए, बताओ कौन-सी साड़ी लेनी है पसंद कर लो।'

सुमित ने इसरार किया...

'नहीं सुमित, कितनी साड़ियाँ है मेरे पास, मुझे नहीं चाहिए।'

नेहा ने कितना कहा...पर सुमित कहाँ मानने वाले थे मरजेन्टा कलर की प्योर शिफॉन की साड़ी मुझे देते हुए कितने प्यार से कहा था मेरी नेहू पर तो चटकीले रंग खूब फबते है...

पर...अब यह सारे रंग मुझे बेरंग ही लगते हैं, नेहा जैसे खुद से ही बोली...नेहा ने पहनने के लिए मैरुन बार्डर वाली ब्लैक कलर की खादी सिल्क की साड़ी निकाली और तैयार हो कर एक बार अपने आप को शीशे में निहारा।

'रानी!...घर का दरवाजा बंद कर लो, मैं जा रही हूँ।'

घर की चाभियों को पर्स में डालते वक्त उसकी नजर कलाई में बंधी घड़ी पर गई...ओहो दस तो यहीं बज गए ग्यारह बजे मीटिंग है, नेहा मन ही मन झुंझला उठी...रास्ते में कई जगह जाम लगा था। दो दिन बाद करवा चौथ था...बाजार सजी हुई थी। लोगों की भीड़ दुकानों को घेरे हुए थी, सड़क के किनारे दुकानदारों ने लैया, चूरा, गट्टा, मिट्टी के करवे, और सींके सजा रखी थी। रंग बिरंगी चूड़ियों की दुकानें भी सजी थी और ठेले भी लगे थे! जिन पर औरतों की भीड़ थी। नेहा की नजर एक कोने में सजे स्टॉल पर गयी, जहाँ मेहंदी लगवाने वाली औरतों की भीड़ जमा थी...नेहा को अपना पहला करवा चौथ याद आ गया, कितना उत्साह था उसके मन में, और सुमित वह तो दीवाना सा हो रहा था...

'नेहू...नेहू! कहाँ हो तुम, देखो मैं तुम्हारे लिए क्या लाया हूँ?'

'आ रही हूँ बाबा...तुम भी न, जरा भी सब्र नहीं।'

'यह लो साड़ी लाया हूं मैचिंग की चूड़ियां और ज्वेलरी भी लाया हूं कल पहनना, मेरी नेहू सबसे सुंदर दिखनी चाहिए।'

सुमित बहुत उतावला हो रहा था...

'अरे!...पर मैं तो लहंगा पहनूंगी भूल गए क्या...?'

'वाह!...कल तो तुम नई-नवेली दुल्हन लगोगी...'

'अच्छा मेंहदी वाली को बुलाया कि नहीं, पूरे हाथ भरकर मेहंदी लगवाना तुम्हारे गोरे हाथों पर मेहंदी खूब फबती है...'

नेहा सुमित की बात सुन शरमा गयी थी...अचानक पटाखे की आवाज से नेहा की तन्द्रा टूट गई। कुछ शरारती बच्चे सड़क पर पटाखे छुड़ा रहे थे। कानपुर शहर में दीपावली समय से पहले ही मनाना शुरू हो जाता है और खासकर बच्चों का उत्साह तो देखते ही बनता है, वह सही समय पर सीए के ऑफिस पहुँच गई।

अमित टंडन न केवल एक काबिल सीए थे बल्कि सुमित के बचपन के मित्र और बिजनेस एडवाइजर भी थे। नेहा के मुश्किल समय में जब किसी ने उसका साथ नहीं दिया तब अमित ने उसका हौसला बढ़ाया और सुमित के बिजनेस को संभालने में मदद की थी। लगभग एक घंटे की मीटिंग के बाद नेहा ने गाड़ी घर की तरफ मोड़ ली...पर ना जाने क्यों घर जाने का मन नहीं हो रहा था, एक अजीब सी बेचैनी दिलो-दिमाग पर छाई हुई थी उसने गाड़ी एक रेस्तरां की तरफ मोड़ ली...

'द स्पाइसेज!'

पहली बार सुमित से मिलने यही तो आई थी वो। सुमित और नेहा की

शादी तय हो गई थी। तीन महीने बाद की तारीख तय हुई थी...सुमित ने कितना मनुहार किया था...दुनिया से छुपते-छुपाते वो भी तो पहुँची थी उससे मिलने।

नेहा एक पुरानी और रूढ़िवादी विचारधारा वाले परिवार की लड़की थी। शादी से पहले एक-दूसरे से मिलना-जुलना उसके पापा को बिल्कुल पसंद नहीं था इसलिए वह सहेली के घर जाने का बहाना करके सुमित से मिलने आई थी।

पर, झूठ बोल कर आने के कारण चेहरे पर घबराहट और थोड़ी झिझक भी झलक रही थी...

कितना! मजाक बनाया था सुमित ने उसकी इस हालत को देखकर.. लेकिन पहली मुलाकात ने उन दोनों को एक-दूसरे के दिल के कितना करीब ला दिया था कितना सहज, सौम्य और सरल व्यक्तित्व था सुमित का...

सुमित अपने परिवार का इकलौता बेटा था। दिल्ली यूनिवर्सिटी से उसने एम.बी.ए. किया था। दो बहनें थी उसकी...जिनकी शादी हो चुकी थी। पिता रिटायर्ड हो चुके थे, माँ हाउसवाइफ थी।

एम.बी.ए. के बाद सुमित ने कुछ दिन एक प्राइवेट कंपनी में जॉब की, फिर उसने अपना साड़ी का कारोबार शुरू किया। वह चाहता था कि अपना व्यापार अपने दम पर करें। अपनी जॉब से जो पूंजी उसने जमा की थी उसी से उसने अपना व्यापार शुरू किया था। वह अपने व्यापार को सफलता की बुलंदियों पर पहुँचाना चाहता था। सुमित अपने परिवार को बहुत प्यार करता था और सब का बहुत ख्याल रखता था। शादी से पहले की मुलाकातों में सुमित के जरिए नेहा ने ससुराल के हर सदस्य से जुड़ी छोटी से छोटी बात, उनकी पसंद-नापसंद सब जान ली थी...

आखिर वह दिन भी आ गया जब नेहा दुल्हन बनकर सुमित के घर आ गई। उन दोनों की गृहस्थी में सिर्फ प्यार और खुशियों के रंग सजे थे...देखते ही देखते दस साल निकल गए, नेहा दो बेटों की माँ बन गई थी...सुमित का कारोबार दिन दूनी रात चौगुनी तरक्की कर रहा था। यदा-कदा वह भी सुमित को अपने नए-नए आईडिया देती रहती जो उसके बहुत काम आते, सुमित उससे बार-बार अपने साथ बिजनेस में ज्वाइन करने को कहता...पर वह घर और बच्चों की जिम्मेदारी की व्यस्तता की वजह से मना कर देती। सुमित अपने काम और परिवार के बीच में सामंजस्य बिठाना अच्छी तरह जानता था। रविवार को मार्केट बंद रहती थी...आधा दिन वह अपने काम निपटाता और शाम का समय अपने परिवार के साथ घूमना, फिल्म देखना, मस्ती करना उसको बहुत पसंद था।

नेहा को यह सब बहुत रोमांचक लगता था क्योंकि वह जिस परिवार से आई थी वहाँ औरतों के लिए खुश होने की वजह सिर्फ त्यौहार और पारिवारिक

शादी विवाह होते थे, उसमें भी उनका काम बहुत बढ़ जाता था। उसने अपनी माँ को हमेशा काम करते ही देखा था...माँ पापा के साथ तभी बाहर जाती थी जब किसी के घर जाना होता था या फिर सामाजिक समारोह में...

'मैम!...आर्डर प्लीज।'

वेटर की आवाज से जैसे वह नींद से जागी...

'एक हॉट कॉफी मेरे लिए व दो चीज ब्लास्ट पिज्जा और दो स्ट्रौबरी शेक पैक कर दीजिये।'

'ओके मैम!...'

वेटर आर्डर लेकर चला गया...नेहा आंखें मूंदकर फिर अतीत की गलियों में भटकने लगी, सुमित ही नहीं बल्कि पूरा परिवार ही कितना प्यार करता था उससे। सासू माँ उसकी तारीफ के पुल बांधते नहीं थकती और ससुर जी उसे बहू नहीं बेटी ही मानते थे। उन्होंने ही सुमित से कहा था बहू को कार चलाना सिखा दो, और मेरा लाइसेंस बनवाने भी खुद ही साथ गये थे। दोनों नन्दे भी...नन्द कम सहेलियां ज्यादा थी। घमंड-सा हो गया था अपनी किस्मत पर।

समय पंख लगाए उड़ता जा रहा था...शादी की पन्द्रहवी सालगिरह आने वाली थी दोनों बहुत खुश थे। घर में जोर-शोर से तैयारियाँ हो रही थी, इस मौके को यादगार बनाने की...एनिवर्सरी की पूर्व रात्रि पर ठीक बारह बजे कितना अच्छा सरप्राइज मिला था उन्हें, घर के सब लोगों ने उन्हें एक साथ विश किया, बच्चों ने डांस परफॉर्म किया। उन दोनों ने पैर छूकर माँ पापा का आशीर्वाद लिया था। नेहा कमरे के अंदर जाकर और भी सरप्राइज हो गई, सुमित ने पूरा कमरा सजा रखा था, उसकी पसंद के रजनीगंधा के फूल और सुगंधित मोमबत्तियां।

'अरे!...यह सब कब किया आपने...'

'ये तो कुछ भी नहीं है मैडम, आपकी मोहब्बत में तो हम और भी बहुत कुछ कर सकते हैं...'

सुमित कुछ ज्यादा ही रोमांटिक हो रहे थे, 'जनाब हमारी शादी की पन्द्रहवीं सालगिरह है पहली नहीं, थोड़ी तो शर्म किया करो बच्चों ने देखा होगा तो क्या सोच रहे होंगे?'

'सोचेंगे हमारे पापा और मम्मी कितने रोमांटिक हैं, नेहू!...जरा अपनी आँखें तो बंद करो...'

'क्यों...?'

'अरे बाबा!...बंद तो करो बहुत सवाल पूछती हो...'

'अच्छा, लो बंद कर ली...'

नेहा ने अपने हाथों में एक फाइल और एक सेट जैसा कुछ महसूस हुआ।

‘अब आँखें खोलो...यह है तुम्हारा गिफ्ट।’

‘अरे!...यह तो घर के कागज है, सुमित आपने नया घर खरीदा है?’

‘यह तो पहला गिफ्ट है, दूसरा तो खोल कर देखो...!’

‘हीरो का सेट, इसकी क्या जरूरत थी, मेरे पास तो पहले से ही था, आप ही ने तो दिया था शादी की पहली एनिवर्सरी पर...आप बहुत फिजूलखर्ची करने लगे हैं, इतने सारे गिफ्ट की क्या जरूरत थी...?’

‘देखो नेहा, तुमने मेरे जीवन में आकर जो रंग भरे हैं, इतनी प्यारे बेटे मुझे तोहफे में दिये है, मेरे जीवन में जो सुकून शांति और प्यार भरा है, मेरे परिवार को अपनाया है, मेरी हर मुश्किल में मेरा साथ दिया है, सच पूछो तो उसके आगे ये कुछ भी नहीं है...और हाँ!...इसे तुम गिफ्ट समझो या भविष्य की योजना...यदि कल को मुझे कुछ हो जाए और तुम्हारा ख्याल रखने के लिए मैं तुम्हारे साथ ना हुआ, तो कम से कम भविष्य की यह तैयारी तुम्हारे काम आएगी।’

नेहा ने झट से सुमित के मुँह पर उंगली रख दी, ‘सुमित, फिर कभी ऐसा मत कहना, तुम्हारे सिवा मुझे जीवन में और कुछ नहीं चाहिए..तुम हो तो सब है, तुम नहीं तो कुछ भी नहीं।’

‘अच्छा बाबा नहीं कहूँगा, कान पकड़ता हूँ...’

सुमित ने नेहा की नाराजगी दूर करने के लिए झट से अपने कान पकड़ लिए...नेहा की चेहरे पर हल्की सी मुस्कान बिखर गई।

‘नेहा!...मेरा सपना था कि मैं अपने बलबूते अपने कारोबार को खड़ा करूं और तुम्हारे लिए खुद की कमाई से एक घर बनवाऊँ। आज मैंने अपने दोनों सपने पूरे कर लिए। मुझे अब जीवन से कोई शिकायत नहीं है...’

‘मैम, आप की कॉफी ठंडी हो गई है...दूसरी ले आऊं क्या?’

‘नहीं उसकी जरूरत नहीं, तुम बिल ले आओ...’

नेहा यादों के सागर में गोते लगा रही थी, उसे पता ही नहीं चला कि वेटर कॉफी कब रख कर चला गया था...सुमित के साथ वह अक्सर यहाँ आती थी। कभी-कभार अकेले भी आया करती थी इसलिए यहाँ के सभी वेटर उसे अच्छी तरह से जानते थे...आज गुरुवार था, बच्चों से उसने फिल्म दिखाने का प्रॉमिस किया था। सुमित के बनाये नियम वह आज भी फालो करती थी..अपनी परेशानियों और अपने काम का दवाब वह कभी घर नहीं लाती थी..बच्चों के साथ उसकी जिम्मेदारियां अब और भी बढ़ गई थी उसे माता के साथ पिता का भी रोल जो निभाना था।...घर पहुँचते ही बच्चें उससे लिपट गए।

‘माँ!...आज तो आपको हमें पिक्चर लेकर जाना था, आपने कितनी देर लगा दी...?’

'सॉरी बेटा!...आज मुझे कुछ जरूरी काम निपटाने थे, पर आज हम लोग घर में इंजॉय करते हैं, कोई अच्छी-सी मूवी घर पर ही देखते हैं, और यह देखो मैं तुम लोगों के लिए क्या लाई हूँ...'

'वाह!...पिज्जा और स्ट्रॉबेरी शेक...थैंक्स मम्मी...यू आर सो स्वीट।'

यह बच्चे भी ना, कितने मासूम होते हैं, इतनी छोटी-छोटी बातों से इतनी जल्दी खुश हो जाते हैं..घर के बाहर ढोल बजने की आवाज आ रही थी...शायद किसी नई-नवेली दुल्हन का पहला करवा था तो उसके घर त्यौहारी आ रही थी...नेहा उत्सुकतावस बालकनी में आकर खड़ी हो गई...उसके घर से कुछ दूरी पर कुम्हारों की बस्ती थी, शायद उन्हीं के यहाँ वह बधाई जा रही थी...एक ठेले के ऊपर कुछ साड़ी कपड़े, पीतल का छोटा सा करवा, उस पर एक दिया जल रहा था, सींके लगी थी, फूलों की माला करवे को पहना रखी थी, मिठाइयों के डिब्बे और कुछ फल सजे थे।...ठेले के साथ-साथ शायद दुल्हन के मायके वाले चल रहे थे।...ऐसे मौकों पर उसे, सुमित की बहुत याद आती थी...।'

ईश्वर कितना कठोर हो जाता है कभी-कभी...तभी नेहा की खुशियां कितनी बेरहमी से छीन ली...आज भी याद है उसे वह मनहूस दिन...! सुमित को दिल्ली जाना था, अपने बिजनेस के सिलसिले में...सुमित अपनी कार से ही अक्सर जाते थे, उस दिन भी शॉप से ही फोन कर दिया...नेहू मेरा बैग पैक कर देना आज रात दिल्ली के लिए निकलना है; परसों सुबह तक वापस आ जाऊंगा...पर सुमित नहीं आये, कभी वापस नहीं आये, आया तो उसका पार्थिव शरीर, सुमित का कार का एक्सीडेंट हो गया था...और मौके पर ही उसकी मृत्यु हो गई थी।

नेहा तो जैसे पत्थर ही हो गई थी, अपनी सुध बुध खो बैठी थी, हर तरफ प्रलाप हो रहा था, पर उस पर उसका कोई असर नहीं हो रहा था, सभी उसे रुलाने की कोशिश कर रहे थे, तभी उसके छोटे बेटे ने उससे कहा, मम्मी...पापा हमको छोड़कर चले गए, अब कभी नहीं आएंगे क्या?

नेहा जैसे नींद से जागी थी और सुमित की मृत देह से लिपट गयी...ठंडी हवा के झोंके, और यादों के झोंके दोनों ही उसके मन को विचलित कर रहे थे, ढोल नगाड़े की आवाज बहुत दूर जा चुकी थी...नेहा वापस कमरे में लौट आई और सोने की कोशिश करने लगी...पर नींद तो उसकी आँखों से बहुत दूर थी..उसे अपनी शादी की पन्द्रहवीं सालगिरह याद आ रही थी...

शादी की शानदार पार्टी सुमित ने नए घर पर ही रखी थी और यह सब के लिए सरप्राइज था...सुमित के मम्मी-पापा और बहने तो बिल्कुल स्तब्ध रह गए थे, जब उन्हें पता चला कि सुमित ने नया घर खरीदा है और उन्हें बताया

भी नहीं। थोड़े नाराज भी लग रहे थे, पर सुमित से किसी ने कुछ भी नहीं कहा।

घर बहुत बड़ा नहीं था...पर बहुत सुंदर बना हुआ था। घर के बाहर एक छोटा सा गार्डन था और घर का इंटीरियर बेहद शानदार था, घर का कोना-कोना अच्छी तरह से प्रयोग में लिया गया था...सुमित ने वेल मेंटेन घर खरीदा था, नेहा ने बहुत खुश होकर कहा था- यह तो बिल्कुल मेरे सपनों के जैसा है।

शादी की पन्द्रहवीं सालगिरह उनके लिए यादगार बन गई थी...पर जाते-जाते उसकी ननदों ने उसे सुना ही दिया था, भाभी, भैया ने तो हमें पराया ही कर दिया इतना शानदार घर खरीदा और हमें बताया तक नहीं, हमें तो छोड़ो माँ-पापा को भी नहीं बताया, अगर बताते तो क्या हम मना कर देते उन्हें...अब नेहा उन्हें कैसे समझाती कि उसे खुद कुछ नहीं पता था उसे भी तो कल रात ही पता चला था...पर वह शांत रहीं उसने कोई प्रतिवाद नहीं किया...

इस घटना के बाद उसने महसूस किया था कि, उसके ससुराल वालों के स्वभाव में परिवर्तन आ गया था...उन्हें ऐसा लगने लगा था कि, नेहा सुमित को उसके परिवार से दूर कर रही है...

उसने कई बार सुमित से इस बारे में बात करना चाहा, पर कुछ था जो उसे रोक रहा था। सुमित की मासूमियत और परिवार के प्रति उसका समर्पण उसको हर बार रोक लेता...

सुमित तो टूट ही जाएगा जब वह यह सुनेगा कि, उसका परिवार उसके बारे में ऐसा सोचता है...

सुमित ने कई बार अपने मम्मी-पापा से नए घर में शिफ्ट होने के लिए कहा, पर वह हमेशा यही कहते...तुम लोग शिफ्ट हो जाओ वहाँ, हम यह घर छोड़कर नहीं जाएंगे...कभी-कभी सुमित बहुत नाराज हो जाते थे तब नेहा उसे समझाती थी, उन्होंने पूरा जीवन यहाँ बिताया है, इतनी यादें जुड़ी है उनकी इस घर से...अब उन्हें नई जगह रहने में मुश्किल होगी...पर सच्चाई तो नेहा ही जानती थी कि वे वहाँ क्यों नहीं जाना चाहते...नेहा ने अपने सास-ससुर से बात करने की कोशिश करी, अपना पक्ष रखना चाहा पर उन्होंने हमेशा उसका गलत मतलब ही निकाला...धीरे-धीरे नेहा ने इस बदलाव को भी अपना लिया पर उसने अपने कर्तव्यों से कभी मुँह नहीं मोड़ा। उसे विश्वास था, एक दिन सब कुछ ठीक हो जाएगा...पर विधि का विधान तो कुछ और ही था सब कुछ ठीक होने की बजाय सब कुछ बिगड़ गया...

सुमित के जाने का दुख कम था क्या, जो परिवार के तानो और व्यंग्य बाणों की मार भी उसे झेलनी पड़ी...जब तक सुमित थे, नाराज होकर भी कोई कुछ कहता नहीं था, पर अब तो जैसे सबने उसे ही जिम्मेदार मान लिया था

उनके घर के इकलौते चिराग के जाने का...उसकी सास ने तो यहाँ तक कह दिया कि, अपनी बीवी की ख्वाहिशें पूरी करते-करते मेरा बेटा मर गया। इस डायन की फरमाइशें कभी खत्म ही नहीं होती थी...उनके तानों को सुनकर ऐसा लगता मानो किसी ने पिघला हुआ शीशा कानों में उड़ेल दिया हो...पर उसने तो कभी भी कुछ नहीं मांगा था, उसे तो केवल अपने पति का साथ चाहिए था, अपने परिवार का प्यार चाहिए था...फिर ये सारे आरोप उस पर क्यों लगाए जा रहे थे।

उसका पूरा जीवन बिखर गया था, तभी एक और धमाका हुआ...नेहा की ननदों ने सुमित के व्यापार में अपने पतियों की भागीदारी मांगी...उसके सास-ससुर भी ऐसा ही चाहते थे, उनका कहना था कि, इतना बड़ा व्यापार है सुमित का, दोनों दामाद उसे संभाल लेंगे...और हर महीने एक बंधी रकम खर्च के लिए नेहा को दी जाएगी। किसी को भी नेहा की सहमति की आवश्यकता नहीं महसूस हुई...पर नेहा उसके लिए तो यह मात्र व्यापार नहीं था, सुमित का सपना था, जो अब उसे जीना था।

नेहा कुछ समझ नहीं पा रही थी क्या करे...

कैसे अपने परिवार को समझाएं...! उसे याद आया सुमित अक्सर अमित की बातें करते थे, कहते थे...कभी मैं न हूँ और तुम्हें कुछ जरूरत हो तो सीधे अमित से बात करना...वैसे तो वह अमित जी से कई बार मिली थी पर हमेशा औपचारिक बातें ही हुई थी, अमित जी, अपने काम में बहुत व्यस्त रहते थे, किसी फैमिली फंक्शन में ही मुलाकात होती थी...नेहा ने सोच लिया था कि अब उसे क्या करना है...?

उसने अमित जी को फोन किया...

अगले दिन सुबह अमित जी उसके घर आए और साथ में कुछ डाक्यूमेंट्स भी थे...अमित जी को इस तरह घर बुलाना किसी को अच्छा तो नहीं लगा पर उन्होंने कोई प्रतिक्रिया नहीं दी...अमित ने औपचारिकता निभाने के बाद सुमित की बनाई हुई वसीयत दिखाई...

वसीयत के अनुसार सुमित ने अपने सारे कारोबार की पावर ऑफ अटॉर्नी, अपनी 50%की पार्टनर नेहा को बनाया था...साथ में यह भी स्पष्ट किया था कि, कारोबार से संबंधित किसी भी तरह के लेन-देन का फैसला करने का हक नेहा के पास सुरक्षित होगा...नेहा सुमित की इस दूरदर्शिता से स्तब्ध थी...ऐसा प्रतीत होता था जैसे आने वाले समय के बारे में सुमित पहले से ही जानते थे। नेहा की आँखों से आँसू बहने लगे उसने महसूस किया, सुमित कहीं नहीं गये है, वह आज भी यहीं है, उसके साथ उसकी हिम्मत बनकर...

नेहा के इरादे अब और भी मजबूत हो गए थे, उसे अपने बच्चों के भविष्य

के लिए, खुद के लिए, और अपने परिवार के लिए, वह परिवार जो उसे कभी बहुत चाहता था, और उसके सुमित को बहुत प्यारा था खड़ा होना था, संघर्ष करना था और जीवन को एक नई दिशा देनी थी...

धीरे-धीरे नेहा ने कारोबार की बागडोर थाम ली, अमित जी ने और बाकी कर्मचारियों ने उसकी बहुत मदद करी...नेहा ने बहुत जल्दी ही अपने स्वभाव और अच्छे काम से अपना नाम स्थापित कर दिया...पर नेहा कुछ भी करके अपने परिवार का विश्वास नहीं हासिल कर पा रही थी, वह बहू से बेटी बनना चाहती थी, पर परिवार वालों की दुश्मन बन गई थी...

काश, सुमित ने वह सरप्राइज ना दिया होता, अपने माँ-पापा को बता दिया होता...

व्यापार के संबंध में अक्सर नेहा को अमित जी के ऑफिस जाना पड़ता था या उन्हें अपने घर बुलाना पड़ता था...यह सब उसके ससुर को पसंद नहीं था, आस-पड़ोस के लोगों ने भी कानाफूसी करना शुरू कर दिया था...हमारे समाज में एक औरत का घर से बाहर निकलना और काम करना बहुत अच्छा नहीं माना जाता और यह मुश्किल तब और भी बढ़ जाती है जब वह विधवा हो...पर इन सब बातों की चिंता किए बिना वह अपने काम में आगे बढ़ती जा रही थी...साथ ही साथ अपने पारिवारिक दायित्वों का भी भली-भांति निर्वहन कर रही थी...वह जानती थी बूढ़े माता-पिता अपने जवान बेटे को खोकर बहुत दुखी है, इसलिए उनके कहे कटु शब्दों को वह सुनकर भी अनसुना कर देती...।

धीरे-धीरे उनका मन पिघलने लगा था, अपने पोतों में वह अपनी बेटे के बचपन को ढूंढने लगे थे...पर जब भी उसकी ननदे आती, उसकी मुश्किलें बढ़ जाती...उसकी ननदें अपने तानों से उस पर वार करती रहती...वसीयत वाली बात से उनकी नाराजगी और भी बढ़ गई थी वह तो उसे अपना दुश्मन ही समझने लगी थीं। नेहा का कारोबार संभालना और अमित से मिलना-जुलना जुलना उन्हें बिल्कुल न सुहाता था।

एक बार तो हद ही हो गई अमित जी घर आए थे, कुछ पेपर वर्क करना था...वैसे तो वह किसी के घर नहीं जाते थे, उनके क्लाइंट उनके ऑफिस ही आते थे...पर सुमित की दोस्ती और नेहा की मुश्किलों को देखते हुए वह घर आ जाते थे...उस दिन नेहा की ननदें घर आई हुई थी, अमित को देखते ही कटाक्ष किया, जब भैया थे आपको कभी घर आते नहीं देखा, सारे काम आपको भाभी से ही पड़ते हैं, 'तड़ाक...!'

एक जोर का थप्पड़ उसने अपनी ननद को लगा दिया, 'दीदी आप मेरा

सम्मान नहीं कर सकती तो ना सही, कम से कम अपने स्वर्गवासी भाई के सम्मान की रक्षा तो कर ही सकती हैं, वह जहाँ कहीं भी होंगे आज उन पर क्या बीत रही होगी।'

आज नेहा का धैर्य जवाब दे गया था अपने चरित्र पर लगे आरोपों को तो वह बर्दास्त करती ही थी पर अमित जी जैसे सज्जन व्यक्ति पर यह लांछन...वह बर्दाश्त नही कर पायी।

'भाभी जी!...मैं चलता हूँ।'

अमित जी तुरंत ही वहाँ से चले गए...रुककर भी क्या करते, और कितनी बेइज्जती करवाते...

नेहा की आँखों में आँसू भर आए, उसे लगा कि आज इतने वर्षों से सुमित के बांधे जिन बंधनों से वह बंधी थी, उसने खो दिये...नेहा को अचानक अपने सर पर किसी का कोमल स्पर्श का अनुभव हुआ, मम्मी जी के हाथ का प्रेम से पगा स्पर्श, 'उठो बहू!...अपने आँसू पोंछ लो, अभी से कमजोर पड़ जाओगी तो अपने कर्तव्यों को कैसे निभाओगी...?'

पापा जी के मुँह से यह सुनकर नेहा विस्मित रह गई, 'हाँ बहू!...,बेटे के गम ने हमें अंधा कर दिया था, हम तेरा दु:ख देख ही न सके...तू अकेली कितना कुछ सहती रही, कभी शिकायत नहीं की और जब हमें तेरा सहारा बनना चाहिए था, हमने तुझसे मुँह मोड़ लिया, तुम फिर भी निभाती गयी। हमारे कारण ही बाहर वालों के साथ घर वालों की भी हिम्मत हुई कि वह हमारे घर की लक्ष्मी का अपमान करें, इसके लिए हम क्षमा मांगते हैं...!'

नेहा को अपने कानों पर विश्वास ही नहीं हो रहा था। मम्मी जी आँखों से पश्चाताप के आँसू बह रहे थे, 'तीन दिन बात सुमित की बरसी है, उसके बाद तुम नए घर में शिफ्ट हो जाना, बच्चों का स्कूल और शोरूम वहाँ से पास होने के कारण तुमको आसानी होगी...नेहा तुम गलत न समझना पर इस घर में सुमित की बहुत सी यादें हैं, उसे छोड़कर जाना हमारे बस की बात नहीं, पर हम वहाँ आते-जाते रहेंगे...'

नेहा की ननद ने भी अपने बुरे बर्ताव के लिए माफी मांगी और नेहा ने उन्हें गले लगा कर सारे गिले शिकवे मिटा दिए...नेहा अतीत से वर्तमान में आ गई, सामने दीवार पर सुमित की मुस्कराती हुई फोटो जैसे कह रही थी...मेरी नेहू! मैं रहूँ ना रहूँ, मेरे प्यार का बंधन तुम्हें कभी अकेला नहीं पड़ने देगा...।

❑❑❑

कोहिनूर

✍ डॉ. गीता द्विवेदी

फूलों के खिलने व मुस्कुराने की प्रक्रिया दे जाती है, वातावरण को एक भीनी-सी सुगंध, गीतों के प्यारे बोल, उसकी मधुर स्वर लहरी कानों को एक गुजन दे जाती। रात्रि का सौन्दर्य शून्य में विलीन हो जाती है और प्रभात के साथ ओस के अनमोल मोती झिलमिलाते हैं। आज वही सुगंध, वही गुंजन, वही मुक्ताकण मधु के जीवन को झंकृत कर रहे हैं।

शाम का समय था। मधु के कॉलेज की अभी-अभी छुट्टी हुई थी और वह घर जल्दी पहुँच जाना चाहती थी। उसके उतावलेपन का कारण हृदय में बसा वो उल्लास था, जिसने उसे साधारण से विशेष बना दिया था। कॉलेज के असेम्बली हॉल में प्रधानाचार्य ने उसे सबके सामने शाबाशी जो दी थी।

सुबह की ही तो बात है, जब वह तैयार हो कर कॉलेज जा रही थी। उसने एक घायल व्यक्ति को कराहते हुए देखा जिसके कपड़े कीचड़ में सने, पाँव खून से लतपथ, चेहरे पर पीड़ा और दर्द का अथाह सागर था। मधु खुद को रोक नहीं पायी और साइकिल किनारे खड़ी कर उसकी सहायता को आगे बढ़ी स उसकी सहेलियों को उसकी ये उदारता रास नहीं आई। सभी ने उसे रोका- 'मधु ये क्या कर रही हो? पता नही ये कौन है? देखो तो इसे देख कर तो घृणा आ रही है। क्या हर ऐरे-गैरे का जिम्मा तुमने उठा रखा है, जल्दी चलो मधु देर हो रही है।'

उसने किसी की न सुनी। सबकी बातों को अनसुना कर के आगे बढ़ी। यह विचार करते हुए कि 'पता नहीं कैसे लोग हैं जिनके मन में तनिक भी दया नहीं है, यदि इनका कोई सगा-संबंधी इस अवस्था में होता, तो क्या तब भी, ये ऐसा ही करती? हो सकता है मैं या मेरा कोई अपना इस स्थिति में हो तो क्या अपेक्षा करुँगी दूसरों से?' उसने जल्दी-जल्दी अपने रुमाल को निकल कर उस व्यक्ति के पाँव पर पट्टी बाँध दी। देर होती देख चिंता होने लगी अस्पताल कैसे पहुँचाएगी? तभी दूर से प्रधानाचार्या की कार आती हुई दिखी। उसके मन

में आशा की किरण जागी। उनकी कार रुकवा कर उसने उन्हें स्थिति से अवगत कराया। प्रधानाचार्या ने अविलम्ब उस व्यक्ति को कार में लिटाया और कार अस्पताल की दिशा में दौड़ गयी। समय पर चिकित्सा हो जाने के कारण उस व्यक्ति की जान बच गयी। मधु ने शाम को अस्पताल जाकर उस व्यक्ति का हाल-चाल पूछा- वह व्यक्ति हृदय के अंतस्तल से मधु को दुआएँ देता जाता और उसके भावी जीवन में उसकी इस उदारता को बनाए रखने की उत्तम सीख भी देता जाता।

जब वह घर पहुँची तो माँ को दरवाजे पर ही खड़े देखा- वह माँ के गले से लिपट गयी और उनको आज की घटना सुनाने लगी, परन्तु माँ ने उसे डाँटते हुए कहा- 'पता नहीं कौन था? इस तरह राह चलते तुम्हें रुकना नहीं चाहिए था। आज का जमाना ठीक नहीं, नेकी करने जाओगी और तुम्हें बदी मिलेगी। (माँ का स्वर कठोर हो गया) आगे से ध्यान रखना।

माँ की बात सुनकर मधु को बहुत दु:ख हुआ था। आज माँ ने शाबाशी देने की बजाय और उसे ये क्या सीख दी। माँ ने आज बचपन से सीखे उस पाठ को, जिसमे परमार्थ को सबसे बड़ा धर्म बताया गया, झुठला दिया।

इस घटना को अभी चार दिन भी नहीं हुए थे कि एक दिन दरवाजे पर कॉल बेल बजी। मधु ने उठ कर जब दरवाजा खोला तो दरवाजे पर खड़े व्यक्ति को देख कर आश्चर्यचकित हो गयी। यह व्यक्ति वही था जिसकी उसने सहायता की थी। दोनों आश्चर्य में डूबे थे कि तभी माँ ने पूछा- 'कौन है? अरे भाई साहब आप! 'माँ आप जानती हैं इन्हें, मधु ने पूछा- हाँ! क्यों नहीं, ये मेरी सहेली के पति हैं, तेरे मौसा जी हैं मधु।'

बहुत बहादुर बच्ची है तुम्हारी, बहन! यदि ये मेरी मदद न करती तो मैं तुम्हारे सामने बैसाखी के सहारे खड़ा होता। ईश्वर इसको जीवन की सारी खुशियाँ दे और इसके मन में परोपकार का भाव सदा जीवित रखे। आज ऐसी संस्कारी संताने नसीब वालों को मिलती है।

माँ ये वही है जिनकी मैंने सहायता की थी- मधु ने कहा- सारा वृतांत सुनकर माँ की आँखों से आंसू गिरने लगे। मैं भी कितनी बेवकूफ हूँ, बेटी ने इतना सराहनीय कार्य किया पर उसे शाबाशी देने की बजाय मैंने उसे डाँट दिया। मधु मुझे माफ कर देना बेटी- आज मुझे समझने में समय लगा, आज तूने मेरा गौरव बढ़ा दिया। मधु ने शरारत भरे अंदाज में पूछा- माँ अगर उस दिन मौसा जी की जगह कोई और होता तो, माँ ने उसके गाल पर एक प्यारी चपत लगायी और उसे गले लगा लिया।

आज कॉलेज कई दिन बाद खुला। कॉलेज पहुँचने पर उसने देखा उसकी

सारी सहेलियाँ मुँह फुलाकर बैठी हैं जिन्होंने उसकी सहायता नहीं की थी। मधु ने आश्चर्य से पूछा– तुम सब मुझसे नाराज हो? तब उनमे से एक बोली तुम्हारी सहायता न करने पर मैडम ने हमें बहुत डाँटा है। मधु ने मुस्कुराते हुए कहा अगर वह तुम्हें न समझाती तो तुम सभी को अपनी गलती का एहसास कैसे होता? सोचो अगर उस व्यक्ति की जगह तुम्हारा कोई अपना होता तो क्या तब भी तुम ऐसा करती? अपनी गलती को सुधारना सबसे अच्छा कार्य है अतः शर्मिंदा होने की बजाये अपनी गलती को सुधारो। जीवन की सार्थकता इसी में है कि हम सब एक दूसरे की सहायता करें न कि घृणा, एक दूसरे का दुःख दर्द बाँटे। उन सब की आँखें तो खुल गयीं और प्रधानाचार्या पीछे खड़ी इस वार्तालाप को सुन रही थीं। वह आज अपने विद्यालय में ऐसी कोहिनूर को पाकर गौरवान्वित महसूस कर रही थी।

कॉलेज में आज बड़ी धूम-धाम थी, फेयरवेल की तैयारी थी। कोलाहल भरे उस माहौल में लोग इस परमार्थ को भूल चुके थे। कार्यक्रम शुरू हुआ, नृत्य संगीत, उपाधियाँ, हास्य व्यंग्य को समेटते हुए विराम की ओर बढ़ चला। अब बारी थी मुख्य अतिथि के भाषण की मुख्य अतिथि शहर के माने हुए शिक्षा शास्त्री अरविन्द स्वामी और उनके साथ में थे उनके सुपुत्र, जो कि एक उच्च कोटि के कवि व लेखक थे।

पुरस्कार वितरण में सभी लड़कियों के अभिभावक आमंत्रित थे। सभी को प्रतीक्षा थी पुरस्कार वितरण की। सभी दिल थाम के बैठे थे कि कॉलेज की बेस्ट स्टूडेंट का खिताब किसे मिलेगा। तभी प्रधानाचार्या खड़ी हुईं और बोलीं– 'आज मुझे अति प्रसन्नता हो रही है यह कहते हुए कि इस विद्यालय की उत्तम छात्रा का खिताब जिस छात्रा को दिया जा रहा है वह सर्व गुण संपन्न, प्रतिभावान एवं दयालु हृदय लड़की है उसका नाम है...इतना कहकर उन्होंने मुस्कुराकर मधु की ओर देखा और बोलीं– 'उसका नाम है मधु।' जैसे ही नाम बोला गया मधु व उसके अभिभावकों के चेहरे खिल उठे और पूरा हॉल तालियों ली गड़गड़ाहट से तब तक गूंजता रहा जब तक मधु मंच तक नहीं पहुँच गयी।

अरविन्द जी ने मधु के सिर पर प्यार से हाथ फेरा और फिर उसे प्रशस्ति पत्र के साथ मुकुट पहनाया। एक बार फिर तालियों की गड़गड़ाहट से पूरा हॉल गूँज उठा। अरविन्द जी ने मधु की सहृदयता व बहादुरी का किस्सा सुना था। मंच से जाते हुए उन्होंने कुछ शब्दों में मधु को आशीर्वाद देते हुए कहा– 'आज मुझे अति हर्ष है कि समाज के उत्थान पथ पर ऐसे पथिक हैं जो समाज को एक उज्जवल भविष्य व उचित दिशा देने में सहायता करेंगे। कौन नहीं चाहेगा कि ऐसी कोहिनूर उसके कुल का गौरव बढ़ाए। सभी चाहते हैं कि ऐसी सहृदय

कन्या उसकी पुत्री हो, पत्नी हो, बहन हो। आज समाज में हर घर में ऐसी एक लक्ष्मी की आवश्यकता है जबकि दया, ममता, प्यार पूरी तरह से समाप्त होती जा रही है।

❑❑❑

समर्पण का सुख

✍ डॉ. रंजना जायसवाल

मोहित और मुग्धा का कॉलेज में आखिरी साल था। मुग्धा अपने नाम के अनुरूप थीं, चंचल, शोख, जिंदादिल, जिंदगी से भरपूर...एक झलक में किसी को भी अपना दीवाना बना दे। उसकी वह कजरारी गोल-गोल सी बड़ी-बड़ी आँखें सबके मन को मोह लेती। मोहित बांका- सजीला नौजवान कॉलेज की न जाने कितनी लड़कियां उस पर मरती थी और कहीं ना कहीं मन ही मन मुग्धा से जलती भी थी कि मोहित जैसा खूबसूरत लड़का उसे बेपनाह प्यार करता है।

'मुग्धा अंदर आ जाओ भीग जाओगी, देखो बारिश शुरू हो गई है।'

मुग्धा छोटे से बच्चे की तरह बारिश की बूंदों को चेहरे पर महसूस कर खुशी से पागल हो गई थी, जब भी बारिश होती तो मिट्टी की सोंधी-सोंधी खुशबू के लिए मुग्धा ऐसे ही पागल हो उठती थी। बारिश में भीगना उसे बहुत पसंद था। तितलियों की तरह इधर-उधर दौड़ती बारिश की बूंदों से भीगा हुआ उसका चेहरा उसके खूबसूरती में चार चांद लगा रहा था।

'क्या मोहित!...वहाँ क्या दुबक कर बैठे हो, देखो ना कितना अच्छा मौसम है।'

...और मुग्धा फिर से पानी में भीगने चली गई। मोहित मंत्रमुग्ध-सा उसे देखता रहा। कभी-कभी उसे अपनी किस्मत पर रश्क भी होता था। मुग्धा को न जाने क्या सूझा, वह अपनी नाजुक कलाइयों से बरगद के उस विशाल वृक्ष को बांधने का निरर्थक प्रयास करने लगी, उसकी इस हरकत को देख कर मोहित के चेहरे पर मुस्कान आ गई। यह जगह मुग्धा को बहुत पसंद थी, इस जगह पर उन दोनों ने भविष्य के न जाने कितने सपने देखे थे, साथ निभाने के सपने साथ जीवन बिताने के सपनें।

'मुग्धा!...अब चलो तबीयत खराब हो जाएगी, अभी एक पेपर और भी बचा है।'

'मोहित परसों आखिरी पेपर है न, खूब मजे करेंगे। पहले एक अच्छी सी

पिक्चर, फिर बढ़िया-सा खाना और उसके बाद एक लांग ड्राइव...तुम्हारी धन्नो पर।

मुग्धा ने अपनी बड़ी-बड़ी गोल आँखों को घुमा कर कहा, 'जैसा रानी साहिबा का हुकुम...'

मोहित की बात को सुनकर मुग्धा खिलखिला कर हँस पड़ी, उसे बच्चों की तरह हँसता देखकर मोहित मुस्कुरा उठा।

'क्या सोच रहे हैं जनाब।'

मुग्धा ने बड़े अदा से कहा, 'कुछ नहीं सोचता हूँ तुम्हारे नर्सिंग होम में तो मरीजों की लाइन लगी रहेगी।'

मुग्धा ने बड़े आश्चर्य से मोहित की तरफ देखा।

'ऐसा क्यों भला...?'

'तुम्हारे खूबसूरत चेहरे को देखकर सब बेहोश हो जाएंगे और क्या...।'

मोहित की बात को सुनकर मुग्धा बहुत देर तक हँसती रही।

'मोहित शादी के बाद तुम मोटे न हो जाना मुझे मोटे लड़के बिल्कुल पसंद नहीं। अदरक की तरह किधर से भी फैल जाते हैं, अगर ऐसा हुआ न मैं तुम्हें छोड़ कर चली जाऊंगी।'

मुग्धा और मोहित बहुत देर तक हँसते रहे। मुग्धा और मोहित का एम. बी.बी.एस. का आखिरी साल था, एक सुनहरा भविष्य उनका इंतजार कर रहा था। फाइनली आखिरी पेपर भी खत्म हो गया। लाल सुर्ख सलवार कमीज में मुग्धा गजब की लग रही थी। मुग्धा बड़ी बेसब्री से मोहित का इंतजार कर रही थी, बार-बार उसकी निगाह कलाई में बंधी हुई घड़ी पर तरफ जाती। तभी सामने से मोहित आता दिखाई दिया...'आने दो आज मोहित को अच्छे से खबर लूंगी। इतनी देर कर दी।'

'क्या मोहित तुमने मेरी सारी प्लानिंग खराब कर दी...क्या-क्या सोचा था।'

मोहित के चेहरे पर एक अजीब-सी नीरवता और तनाव फैला हुआ था। मोहित ने मुग्धा का हाथ अपने हाथों में लेकर बड़े ही संजीदा स्वर में कहना शुरू किया, 'मुग्धा!...मेरी बात को ध्यान से सुनो, हमारा सफर यहीं तक था। आज से हमारे रास्ते यहीं से अलग होते हैं।'

मुग्धा मोहित की बातों को सुनकर स्तब्ध थी, 'यह कैसा मजाक है मोहित। तुम जानते हो मुझे इस तरह के मजाक बिल्कुल पसंद नहीं।'

'मुग्धा! मैं मजाक नहीं कर रहा, कल पापा के एक दोस्त घर आए थे। वह बहुत बड़े व्यवसाई हैं। तुम तो मेरे घर की हालात जानती हो पापा ने ना जाने

किन-किन मुसीबतों से हम भाई-बहनों को पढ़ाया और आज हमें इस लायक बनाया है। आज मेरी बारी है उनके लिए कुछ करने की। पापा के दोस्त अपनी इकलौती बेटी की शादी मुझसे करना चाहते हैं। उन्होंने पापा से वायदा किया है कि एम.एस. करने में जितना भी खर्चा आएगा वह उठाएंगे और एक नर्सिंग होम भी बनवाने का वायदा किया है...पापा ने इस रिश्ते के लिए हाँ कर दी है। मैं कुछ नहीं कर पाया।'

मुग्धा को समझ में नहीं आ रहा था कि वह क्या जवाब दें।

'मोहित!...मेरा क्या होगा एक बार भी तुमने सोचा तुम्हारे बिना मैं कैसे जिंदा रहूंगी। हमारे सपने, हमारे उन सपनों का क्या...जो हमने एक साथ देखे थे।'

मुग्धा बदहवास सी बोलती जा रहे थी...पर मोहित के पास उसकी किसी भी बात का कोई जवाब नहीं था और वह उसे वहीं छोड़ कर चला गया। मुग्धा मोहित को जाते हुए देखती रहे। धीरे-धीरे वह उसकी आँखों से ओझल हो गया।

समय अबाध गति से भागा जा रहा था। मुग्धा ने मोहित से सारे रिश्ते खत्म कर लिये। उसका अब उस शहर में रहना भी दुश्वार होता जा रहा था। इम्तिहान खत्म होने के बाद मुग्धा वापस अपनी माँ के पास आ गई। पर मोहित की आँखें उसका वहाँ भी पीछा करती रही। न जाने कितने अस्पतालों से उसके लिए नौकरी के प्रस्ताव आये पर...पर मुग्धा इन सब से दूर...कही दूर भाग जाना कहती थी। अंत में अपना सब कुछ बेचकर मुग्धा अपनी माँ के साथ एक छोटे से कस्बे में रहने लगी और गाँव वालों की सेवा करने लगी। यहाँ रहते हुए उसे काफी वक्त हो गया था। माँ बहुत देर से कुछ कहने का प्रयास कर रही थी। पर समझ नहीं आ रहा कि बात कहाँ से शुरू करें। तब मुग्धा ने ही कहा-

'माँ कुछ कहना चाहती हो...तो कह दो न। कहे बिना मानोगी नहीं, तुम्हारे पेट मे दर्द होने लगेगा।'

मुग्धा आज मिसेज सिंघानिया आई थीं। बहुत देर तक बैठे रहीं। उनकी छोटी बेटी आजकल लंदन में है, दो बच्चे हो गये उसके...तुमसे छोटी थी ना। पति का बहुत लंबा चौड़ा कारोबार है। मिसेज सिंघानिया तो अपने दामाद की तारीफ करते नहीं थक रही थी।'

'अच्छा...'

मुग्धा ने संक्षिप्त सा उत्तर दिया।

'जानती हो मिसेज सिंघानिया बता रही थी कि उनकी बेटी नंदिता जब भी आती है तो उसके लिए बहुत महंगे-महंगे उपहार लेकर आती है। उसके दोनों बच्चे दिनभर नाना-नानी कह कर उससे लगे रहते हैं।'

'हम्म...!'

'इतनी देर से मैं ही बोले जा रही हूँ और तुम हो कि मेरी बात को ठीक से जवाब भी नहीं दे रही।'

'सुन तो रही हूँ न माँ, बोलो क्या कहना चाहती हो।'

माँ धीरे से मुग्धा के निकट आ गई और उसके बालों पर अपनी उंगलियां फेरते हुए बोली, 'मुग्धा कब तक ऐसी बैठी रहेगी, अपने बारे में तो सोचो, काम करने के लिए तो पूरी जिंदगी पड़ी है। एक बार उम्र निकल जाएगी तो शादी होना भी मुश्किल हो जाएगी। आज मिसेज सिंघानिया तुम्हारे लिए अपने बड़े भाई के बेटे का रिश्ता लेकर आई थीं। तेरह-चौदह साल पहले उनके बड़े भाई के बेटे की शादी हुई थी, पत्नी की सड़क दुर्घटना में मृत्यु हो गई थीं, दस-बारह साल की बेटी है। खाता कमाता परिवार है...लड़का भी देखने में ठीक-ठाक है, उन्हें तुम्हारी नौकरी करने से भी कोई दिक्कत नहीं है। अगर तुम हाँ करो तो मैं बात आगे बढ़ाऊं।'

मुग्धा अपनी माँ की बात को सुनकर झुंझला उठी और चादर को अपने शरीर से अलग कर वह बिस्तर से नीचे उतर गई।

'क्या माँ रोज-रोज वही!...कितनी बार समझा चुकी हूँ। मुझे शादी नहीं करनी है तो बस नहीं करनी है और ऐसा है मिसेज सिंघानिया से कह दो अपने भाई के बेटे के लिए कोई और लड़की ढूंढ ले, मेरा रास्ता न देखें।'

'एक बार मिल तो लो बेटा बहुत अच्छा परिवार है तुम बहुत खुश रहोगी। मेरा क्या है मैं आज हूँ, कल नहीं। न जाने भगवान कब अपने पास बुला ले।'

माँ ने झूठी नाराजगी दिखाते हुए कहा मुग्धा से कहा। मुग्धा ने बड़े प्यार से माँ के गले में अपनी दोनों बाहें डाल कर कहा, 'तुम अभी इतनी जल्दी मुझे छोड़कर कही नहीं जा रही, दुनिया की परवाह करना छोड़ दो उनका तो काम ही है कहना। बैठे-बैठे कुछ काम कर लिया करो...दिन भर सास-बहू के सीरियल देखती रहती हो न इसीलिए ऐसी खुराफाती बातें दिमाग मे घूमती रहती है। घूम फिर आया करो। मैंने ट्रैवल एजेंसी से बात कर ली है, बहुत अच्छा पैकेज आया था...जाओ चारों धाम की यात्रा कर आओ, कुछ पुण्य मिलेगा।'

मुग्धा जोर से हँस पड़ी, मुग्धा अपनी माँ का ध्यान भटकाने की भरसक कोशिश करती रही...पर माँ का रिकॉर्ड जहाँ था वहीं आकर अटक गया था।

'अब तू मुझे चारों धाम की यात्रा पर भेजेंगी। काश तेरा कोई भाई होता तो मुझे चारों धाम पर भेजता तो मुझे मरने के बाद स्वर्ग मिलता, पर ऊपर वाले ने न जाने मेरे लिए क्या-क्या सोच रखा है। अब बेटी मुझे चारों धाम पर भेजेगी।'

माँ आँचल में मुँह छुपाकर रोने का उपक्रम करने लगी। माँ की यह हमेशा की आदत थी, जब वह मुग्धा से अपनी बात मनवा नहीं पाती थी तो इसी तरीके

से अनर्गल बातें करना शुरू कर देती थी।

'क्या माँ!...तुम भी किस तरह की बातों में पड़ जाती हो, तुम्हें जाने से मतलब है न। कितने दिन से सोच रही हो पर...मेरी वजह से कहीं निकल नहीं पाती, जाओ और मजे करो।'

मुग्धा ने अपनी माँ के गालों को खींचकर बड़े ही शरारती लहजे में कहा। कभी-कभी मुग्धा इस उम्र में भी छोटी बच्ची की तरह लगने लगती। पर...अब तो मुग्धा के बालों में भी सफेद चाँदनी दिखने लगी थी, छोटी बहन की भी शादी हो चुकी थी और वह अपने दो बच्चे और परिवार के साथ बहुत खुश थी। याद है आज भी उसे वह दिन जब मुग्धा ने जिद करके छोटी बहन की शादी करा दी थी, माँ कहती रह गई बड़ी बहन के रहते छोटी की शादी करना कहाँ तक सही है। समाज क्या कहेगा बड़ी बहन अभी कुंवारी बैठी है और छोटी बहन की शादी कर दी। जरूर बड़ी में कोई खोट है या किसी के साथ कोई चक्कर चल रहा पर मुग्धा अपनी माँ का कभी जवाब नहीं देती...मुग्धा की जिद के आगे किसी की एक न चली और छोटी भी ब्याह कर अपने घर चली गई।

माँ को चारों धाम पर गए आज पन्द्रह दिन हो गए थे। मुग्धा अस्पताल से लौटने के बाद देर रात तक टी.वी. देखती, खाली घर उसे काटने को दौड़ता जब आँखें और शरीर थकान और नींद से बोझिल हो जाते। तब वहीं सोफे पर लेट जाती। समय पंख पसारे उड़ता चला जा रहा था, एक दिन अचानक रात में दरवाजे पर किसी ने जोर-जोर से आवाज लगाई।

'डॉक्टर साहब...डॉक्टर साहब! दरवाजा खोलिए।'

गहरी नींद में डूबी मुग्धा हड़बड़ा कर उठ बैठी, उसकी निगाह बगल में रखी घड़ी पर गई। रात के एक बज रहे थे। इस वक्त भला कौन हो सकता है चौकीदार भी कुछ दिनों से छुट्टी पर था गाँव में उसकी माँ बीमार थी। मुग्धा निर्णय नहीं ले पा रही थी कि इतनी रात को वो दरवाजा खोले कि नहीं। उसने दरवाजे के पास आकर धीरे से पूछा- 'कौन है...?'

'बेटा!...दरवाजा खोलो हम है रामू काका।'

रामू काका इस वक्त मुग्धा ने सोचा। आखिर ऐसी क्या बात हो गई। मुग्धा ने जल्दी से दरवाजा खोला, 'क्या हुआ रामू काका आप इस वक्त!'

'बेटा अस्पताल के थोड़ी दूर पर एक कार का एक्सीडेंट हो गया है। सोलह-सत्रह साल का लड़का है, किसी अच्छे घर का लड़का लगता है काफी चोट आई है, काफी खून भी बह गया है...जरा जल्दी से चल कर देख लो न जाने किस के घर का चिराग है।'

'रामू काका आप जल्दी से उसे अस्पताल लेकर चलिए, मैं अभी आती हूँ।'

मुग्धा का घर अस्पताल से सटा हुआ था। मुग्धा ने जल्दी-जल्दी कपड़े बदले और अस्पताल की तरफ चल पड़ी। मुग्धा रास्ते भर यहीं सोंचती रहीं, सोलह-सत्रह साल का लड़का अभी तो उसकी जिंदगी शुरू हुई है, अभी तो उसे बहुत कुछ देखना था। आज अगर उसकी शादी मोहित से हो गई होती तो उसका भी बेटा...!

पूरा शरीर खून से लथपथ था...मुग्धा ने तुरंत ऑपरेशन थिएटर में ले जाने का आदेश दिया। चोट बहुत गहरी तो नहीं थी पर...खून काफी बह गया था। नर्स ने जल्दी-जल्दी उस लड़के के चेहरे पर लगी चोटों को साफ किया। एक घंटे के अथक प्रयास के बाद वह लड़का खतरे से बाहर था।

'डॉक्टर साहब इस लड़के के पास से यह मोबाइल और पर्स मिला है, उसके घर वालों को भी इन्फॉर्म करना होगा।'

नर्स ने कहा,

'हाँ यह बात तो है...'

'मुग्धा अपने चेंबर में आ गई और उसने वार्डबॉय से एक कप कॉफी लाने के लिए कहा...वह बहुत थक चुकी थी। उसने उस लड़के से मिले हुए मोबाइल की डिटेल्स को खंगालना शुरू किया। आखिरी कॉल पापा के नाम से थी, उसने उस पर फोन मिलाया। चार-पाँच घंटी जाने के बाद किसी ने फोन उठाया, 'हेलो डॉक्टर मोहित हेयर...'

मुग्धा आवाज सुनकर स्तब्ध थीं, नियति उसके साथ ऐसा क्रूर मजाक नहीं कर सकती। क्या दुनिया में मोहित नाम का सिर्फ एक ही व्यक्ति है...यह मेरी गलतफहमी भी तो हो सकती है। यादों के किताबों के न जाने कितने पन्ने उसकी आँखों के सामने पलटते चले गए।

'हेलो-हेलो!...क्या आप मेरी आवाज सुन रही हैं?'

मुग्धा जैसे नींद से जागी, 'हेलो!...मैं गौरीगंज से बोल रही हूँ। हमारे यहाँ एक्सीडेंट का एक केस आया है। सोलह-सत्रह साल के लड़के के पास से एक मोबाइल और पर्स मिला है। मयंक नाम है लड़के का, क्या आप उस लड़के को जानते हैं...?'

'क्या हुआ...क्या हुआ!...मेरा मयंक ठीक तो है न...?'

'घबराने की कोई बात नहीं है...वह ठीक है खतरे से बाहर है। आप जल्द से जल्द यहाँ आ जाएं।'

'जी'- मैं अभी निकलता हूँ। एक सवा घंटे में मैं आपके पास पहुँच जाऊँगा। तब तक आप उसका ध्यान रखें। थैंक यू मैम मैं आपका एहसान जीवन भर नहीं भूलूंगा...'

'वेलकम!...'

मुग्धा अब तक उस आवाज को पूरी तरीके से पहचान चुकी थी उसने किसी तरह से अपने आप को इतनी देर तक संभाल रखा था, इतने सालों बाद उसका अतीत उसे एक बार फिर उसे पुकार रहा था। वह अतीत जिसे वह न जाने कब का भूल चुकी थी। सच कहते हैं लोग इंसान कुछ भी कर ले पर अपने अतीत से नहीं भाग सकता। सोचते-सोचते न जाने कब मुग्धा की आँख लग गई, तभी नर्स के पैरों की आवाज को सुनकर मुग्धा की नींद खुल गई।

'डॉक्टर साहब!...वह जो एक्सीडेंट केस आया था उसके घर वाले आ गए हैं, आप से मिलना चाहते हैं।'

मुग्धा ने अपने आप को एकत्र किया और वार्ड की तरफ चल पड़ी, आज इतने वर्षों बाद उसका अपना अतीत उसके सामने आकर खड़ा हो गया था। यादों के झरोखों पर आज फिर किसी ने दस्तक दे दी थी ना चाहते हुए भी मन उसकी तरफ खींचता चला गया। यह वही आँखें थी जिसने मुग्धा को सालों साल सोने नहीं दिया। सालों साल वह आँखें मुग्धा का पीछा करती रही पर...पर उन आँखों की वह कशिश चेहरे का वह नूर जिस पर न जाने कितनी लड़कियाँ मरती थी...न जाने कहाँ गायब हो गया था। वक्त के थपेड़ों ने या फिर बेहिसाब जिम्मेदारियों ने उसको उम्र से पहले ही परिपक्व कर दिया था। आँखों की कशिश जिम्मेदारियों के बोझ तले और मोटी फ्रेम के पीछे कहीं दूर छुप गई थी और उस सजीले नौजवान को कहीं दूर पीछे धकेल...बहुत आगे निकल आई थी।

मुग्धा की आँखें मोहित को पहचानने में कभी गलती नहीं कर सकती थी। मोहित की आँखें मुग्धा को पहचानने की कोशिश कर रही थी। वही तो है..हाँ बिल्कुल मुग्धा ही तो है। आज भी वैसी ही सुंदर, सौम्य और सहज। रत्ती भर भी नहीं बदली...पर वो तो कभी ऐसे फीके रंग नहीं पहनती थीं। जीवन से भरपूर, जिंदादिल किसी को भी पल भर में अपना दीवाना बना दे। मोहित ने अपने आप को समझाने का प्रयास किया। मुग्धा ने उसे देख कर भी अनदेखा कर दिया मोहित समझ नहीं पा रहा था कि वह बात की शुरुआत कैसे करें,

'मैम!...यह लड़के के पिता है।'

'आपका बेटा ठीक है दवाइयां लिख रही हूँ। समय-समय पर देते रहिएगा, चिंता की कोई बात नहीं। आपका बेटा दवा की वजह से आराम से सो रहा था।'

मुग्धा उसका चेकअप करने के लिए जैसे ही झुकी, मोहित ने धीरे से पूछा, 'कैसी हो मुग्धा...!'

मुग्धा ने जलती हुई निगाहों से मोहित की ओर देखा...जैसे पूछना चाह रही

हो, अब पूछ रहे हो कि कैसी हूँ मैं...। अब तक कहाँ थे। एक बार भी सोचा कि जिंदा हूँ या मर गई। विचारों के न जाने कितने तूफान उसके दिल में उठ रहे थे।...पर उसने अपनी भावनाओं पर नियंत्रण करते हुए कहा- 'आप का बेटा अब ठीक है, आप चाहे तो कल इसे ले जा सकते हैं...'

...और वो तेज-तेज कदमों से चलते हुए मरीजों को देखने के लिए आगे बढ़ गई। मोहित स्तब्ध और एकटक उसे जाता देखता रहा। क्या मुग्धा ने उसे पहचाना नहीं था, क्या वह इतना बदल गया है। सच भी तो है अब वह पहले जैसा कहा रहा। मुग्धा कहती थी, मुझे अदरक की तरह यहाँ-वहाँ से फैले पुरुष बिल्कुल अच्छे नहीं लगते। मोहित को बहुत कुछ कहना और सुनना था। इन बीस सालों में जो कुछ हुआ वह कह और सुन लेना चाहता था। मुग्धा अपने मरीजों को देखकर अपने घर की तरफ जाने को तत्पर थी।

रात बीतने को थी आसमान में हल्का अंधेरा ही था। चिड़ियों की यदाकदा चहचाहट से आसमान गूंज रहा था। तभी मोहित ने पीछे से मुग्धा को आवाज दी।

'डॉ. मुग्धा!...एक मिनट आपसे बात करनी है।'

मुग्धा के पाँव वही जम गए, चाह कर भी वो एक कदम भी आगे नहीं बढ़ा पाई।

'मुग्धा पहचाना नहीं, मैं मोहित।'

क्या कहती मुग्धा, शब्द उसके मुँह तक आते-आते अटक से गये। तुम को कैसे भूल सकती हूँ मोहित...। मोहित लगातार बोलता जा रहा था, 'तुम यहाँ कैसे? कॉलेज छोड़ने के बाद किसी को नहीं पता कि तुम कहाँ गई। तुमने अपना पुराना घर भी बेंच दिया। आँटी कैसी है और तुम्हारी छोटी बहन...क्या नाम था उसका।'

मोहित ने अपनी यादाश्त पर जोर डालते कहा।

'निवेदिता...'

मुग्धा ने बड़ी गम्भीरता से कहा, 'हाँ-हाँ वही...'

'निवेदिता की शादी हो गई और माँ चारों धाम की यात्रा पर गई है।'

'और तुम...तुम कैसी हो।'

मोहित ने मुग्धा की आँखों में आँखे डालकर पूछा। मुग्धा का सब्र अब जवाब दे चुका था, उसने जलती निगाहों से मोहित को देख तुम बताओ...कैसी होना चाहिए। मुग्धा की आँखों में तैरते सूनेपन को मोहित झेल नहीं पाया। उसने अपनी निगाहे घुमा ली, 'मुग्धा जो कुछ भी हुआ उसके लिए मैं बहुत शर्मिंदा हूँ।...पर तुम समझो...उस परिस्थिति में मैं कर भी क्या सकता था।'

'समझा ही तो था!'

मुग्धा ने व्यंग्य से मोहित को देखा। कुछ देर तक उन दोनों के बीच एक अजीब सा सन्नाटा पसरा रहा। मोहित ने दोनो के बीच फैले सन्नाटे को तोड़ते हुए कहा, 'तुम यहाँ कैसे...और तुम्हारे पति और बच्चे।'

मोहित ने बहुत हिम्मत जुटाकर मुग्धा से पूछा।

'मैंने शादी नहीं की मोहित।'

'क्यों...क्यों मुग्धा! इतनी लम्बी जिंदगी है अकेले कैसे काटोगी?'

'मोहित सोचा भी था और चाहा भी था...पर हर सोची और चाही हुई चीज इंसान को मिल जाये ये जरूरी तो नहीं।'

मुग्धा मुझे माफ कर दो, 'मैंने तुम्हारा जीवन बर्बाद कर दिया, मैं तुम्हारा गुनाहगार हूँ...मुझे माफ कर दो। तुमने सब कुछ जानने के बाद भी मेरे बेटे की जान बचाई।'

मोहित फूट-फूट कर रो पड़ा। मोहित आत्मग्लानि की आग में जल रहा था। मोहित को बच्चों की तरह रोता देखकर मुग्धा के दिल में वर्षों से जमा गुस्सा आँसुओं के रूप में पिघल कर आँखों से बह गया।

'मोहित जो होता है वह अच्छे के लिए ही होता है, इस गाँव में बहुत ही सीधे और सज्जन लोग हैं। यहाँ मैं किसी की दीदी, किसी की बेटी तो किसी की बुआ हूँ। खून का रिश्ता न होते हुए भी ये लोग मेरी एक आवाज पर खड़े हो जाते हैं। क्या हुआ जो एक रिश्ता नहीं जुड़ा...उस एक रिश्ते के बदले मुझे न जाने कितने रिश्ते मिल गए। जहाँ तक तुम्हारे बेटे की बात है तो तुम शायद यह भूल गए कि डॉक्टर की पढ़ाई के समय हमें मानवता और इंसानियत का पाठ पढ़ाया जाता है। पहली बात तो यह है कि मुझे तो उस वक्त तक तो ये पता भी नहीं था कि वह तुम्हारा बेटा है और पता होता तो भी मैं तुम्हारे बेटे की जान बचाती। तुम अपने दिल पर कोई भी बोझ मत रखो। अब मैं चलती हूँ, मेरी सुबह की सैर का वक्त हो रहा।'

मोहित चुपचाप उसे जाते देखता रहा। सूरज अपनी पूर्ण लालिमा के साथ एक नए सवेरे के स्वागत के लिए उदय हो रहा था और उस की किरणों से आत्मविश्वास से भरा हुआ मुग्धा का चेहरा और भी दमक रहा था।

❑❑❑

कभी नीम नीम कभी शहद शहद

✍ डॉ. जया आनंद

वो घर जिसमें गुजरा था उसका बचपन, वो अठखेलियाँ वो सहेलियाँ जिनके साथ खेलकर युवावस्था में उसने कदम रखा, वो सारे अपने जिनसे कुछ न कुछ उसका जुड़ा था, वो गलियां, वो रास्ते जिनसे न जाने वो कितनी बार गुजरी होगी पर आज सब छूट रहा था और इन सबसे ऊपर ममता से भरे उसके माँ-पिता...उनसे लिपट कर नेहा खूब रोयी, सब्र का बांध टूट गया था उसका...आज उनसे भी विलग हो कर उनका आशीष लेकर नेहा चल पड़ी एक नई दुनियां में...

पीछे जब कुछ छूटता है तो आगे जुड़ता भी है, अब नेहा से जुड़ रहा था नया साथ, नया शहर, नए लोग जिन्हें वह अपना कह सकती थी। मन के किसी कोने में हल्के से डर को छुपाते हुए अनेक प्यार भरे सपनों के साथ नेहा ससुराल पहुंची। लंबा सा घूंघट लिए सजी-संवरी नेहा सौरभ के साथ दरवाजे पर शरमाते हुए खड़ी थी। कैसे होंगे सब, सौरभ तो अच्छे लगते हैं...ऐसे भी उसकी अरेंज मैरिज है तो बहुत तो नहीं जाना जा सकता किसी के विषय में पर...यही सब नेहा खड़े-खड़े सोचे जा रही थी।

'आरती की थाली लेकर आओ, और एक लोटा पानी भी।'

एक कड़कती हुई आवाज कानों में सुनाई पड़ी। हां, यह आवाज थी अम्मा जी की। अम्माजी यानी नेहा की सास।

सास बिल्कुल सास जैसी मध्यम कद की, सीधे पल्ले की साड़ी पहने और अपने पूरे रौब के साथ...और बोली बिल्कुल नीम चढ़ी।

अम्मा ने दोनों की आरती उतारी और पानी से नजर उतार कर नेहा और सौरभ को घर के भीतर ले आयीं।

छोटा शहर हो तो आस पड़ोस के लोग आसानी से इकट्ठा हो ही जाते हैं और बाकी रहे रिश्तेदार...सब अपने मन की कह रहे थे।

'...साड़ी और कोई नहीं पहन के आ सकती थी, शादी हुई है कोई गुड्डे

गुड़ियों का खेल नहीं...'

फिर वही नीम चढ़ी आवाज नेहा के कानों को चुभती हुई पहुँची। नेहा ने अच्छी साड़ी पहनी थी पर गर्मी के कारण कुछ हल्की जरूर थी। यही पर छोटे शहर और बड़े शहर का अंतर पता चल रहा था। बड़े शहरों में इन सब बातों पर कोई ध्यान नहीं देता या देता भी हो या नेहा ने नहीं ध्यान दिया और बहू तो वो पहली बार बनी थी और सास से भी वास्ता पहली बार हुआ था। उसे मन ही मन वो लोकगीत याद आ गया...

'आँगनवा में निबिया लगाय दो पिया, सासू के बोल राजा हमें न सुहावे, जैसे कड़ुआ करेला ओहो पिया।'

सुबह नहा धोकर नेहा तैयार हो गई आखिर घर की बहू जो ठहरी। मांग में लाल सिंदूर, माथे पर बिंदी, पीले रंग की चुनरी प्रिंट की साड़ी पहने नेहा सर में पल्ला लिए, झुकी पलकों के साथ भारतीय नारी की प्रतिमूर्ति लग रही थी।

'ये लो सौरभ के कपड़े, इसे भी धुल दो।'

फिर वही कड़क आवाज नेहा का दिल दहला गई। घर में तो उसे सब कितना प्यार से बोलते थे, लाडली थी वह अपने घर की और यहां तो आते-आते ही...नेहा की आंखों में आंसू आ गए थे, सौरभ ने छलकते आंसूओं को देख लिया चुपके से...सौरभ आए और नेहा के गालों को सहला कर चले गए। अम्मा को भी तो कुछ बोल नहीं सकते थे और नेहा के मन का भी ध्यान रखना था। नेहा सौरभ की मनःस्थिति को खूब समझ रही थी। अम्मा की बातों को उसने अनसुना किया और अपने पिया के घर को निहारते हुए कपड़े धोने में मगन हो गई...हां अब ये घर उसके पिया का घर था।

नेहा ने अपने मन में ठान लिया कि वह अम्मा को खुश कर लेगी। आखिर उस से तो सभी खुश रहते थे, घर स्कूल कॉलेज दोस्त, सब के बीच तो वो प्यारी और समझदार रही है तो फिर सौरभ की अम्मा को भी खुश कर ही लेगी। इसलिए उसने रात में अम्मा जी का पैर दबाना शुरू कर दिया...

'कैसे दबाती हौ, पूरा शरीर हिला कर रख दिया, दोनों हाथन से ताकत लगाओ।'

अम्माजी की कठोर आवाज में जरा सी भी मिठास नहीं आई थी। हमेशा नीम चढ़ी आवाज, शहद का तो नामो निशान ही नहीं...नेहा का मन बुझ-सा जाता और उस बुझे मन को सौरभ अपनी मुस्कुराहट से, स्नेहिल स्पर्श से हल्का कर देते।

नेहा को अम्मा के साथ ही रहना है तो क्या हर समय इतने कठोर शब्दों

को सुन पाएगी। वह कभी-कभी खुद भी नहीं समझ पाती कि उसमें इतना धैर्य या सहनशक्ति है पर एक बात नेहा जानती थी कि अभी शादी से पहले उसने कहा है कि वह अम्माजी के साथ रह लेगी तो उसे हर हालत में उनके साथ ही रहना है, वह अपने शब्दों से पीछे हटने वालों में से नहीं और जब सौरभ साथ हैं तो जिन्दगी का हर रास्ता आसान हो जाएगा।

नेहा, सौरभ और अम्मा जी के साथ में दिल्ली के लिए चल पड़ी। अब नई गृहस्थी के सपनों की जगमगाहट में उसकी आँखें चौंधिया रही थी। दिल्ली में सौरभ ने किराए का टू बी.एच.के. फ्लैट ले रखा था। नेहा ने मन में सोच रखा था कि वह अपनी गृहस्थी को बहुत सुंदर तरीके से सजायेगी, ऐसे रखेगी घर को कि घर का हर कोना कलात्मक अभिरुचि को दर्शाए।

'इत्ते डब्बे और ये गमले खरीदे की का जरूरत है, बस फिजूलखर्ची आती है, ये नहीं कि जो पहले से है उसमें काम चला ले, बस फैसन बाजी में दिमाग है।'

...अम्मा जी का स्वर अपने पूरे वेग से फ्लैट में गूंज गया। नेहा सहम गई पर दूसरे ही पल उसे लगा कि उसे अम्मा के साथ रहना है तो उसे भी सहज होना ही पड़ेगा। अपने मन की बात उन्हें बतानी ही होगी।

'अम्मा! अच्छा लगता है न! करने दीजिए न मुझे थोड़ी फिजूलखर्ची', नेहा ने बड़े लाड़ से कहा।

'जाओ! करो! फिजूलखर्ची', अम्मा की आवाज तो यूं ही कड़क और नीम चढ़ी ही बनी रहती पर स्वीकृति तो उन्होंने दे ही दी थी।

नेहा ने अब अपनी बात मनवाने का यही तरीका अपना लिया था। सौरभ की भी यही इच्छा रहती थी कि अम्मा से पूछ कर ही काम करो जिससे वह खुश रहे। नेहा वैसा ही करती पर अम्मा खुश हैं कि नहीं वह नहीं समझ पाती और उसे उस पल याद आ जाता अपना मायका, माँ का सहलाता हुआ प्यार और चुपके से आँखों से ढुलक जाती आसुंओ की दो बूंद...

दिन अपने रूटीन में बंध चले थे। सौरभ सुबह ऑफिस चले जाते, नेहा सुबह नहा धोकर किचन में लंच बनाकर सौरभ को देती।

'कैसी ऐचि बैची रोटी बनाई है, शरम आती है हमें तो अम्मा के ऐसे ऐसे कमेंट नेहा सुनने के आदी हो चुकी थी', वह उसे ही पॉजिटिवली लेती, चलो ठीक है इसी बहाने उसके काम में सुधार रहेगा। कबीर का यह दोहा उसने खूब पढ़ा था।

'निदंक नियरे राखिए आँगन कुटी छवाय
बिनु साबुन पानी बिना निर्मल करे सुभाय'

एक दिन पड़ोस की आंटी आई। नेहा ने उन्हें पानी और मिठाई जा कर दिया, उन्हें नमस्ते किया और किचन में चाय बनाने चली गई।

'अरे! आजकल की बहुएं सब अपने में रहती हैं और यह सेवा करेंगी, ऐसा तो हम सोचते भी नहीं', अम्मा की नीम चढ़ी बोली अंदर किचन तक सुनाई पड़ रही थी।

– किचन में चाय उबल रही थी और नेहा की आंखों से आंसू का गुबार फूट पड़ रहा था।

– 'क्या अम्मा को मुझ पर विश्वास नहीं है...मुझे ऐसा समझती हैं अम्मा! नेहा खुद से ही बोले जा रही थी। सौरभ से भी क्या कहती...,आखिर वो सौरभ की अम्मा हैं, उन्हें बुरा लगेगा...। इसलिए मन में ही सारी बातें रख लेती और मन को खुद ही समझा भी लेती।

अब नेहा घर का काम कर अपना मन किताबों में लगाती। किताबें पढ़ने से उसका मन हल्का हो जाता और इधर-उधर की बातें भी दिमाग में नहीं आतीं। साहित्य-संगीत जीवन में रस भरते हैं, जीवन को सार्थकता प्रदान करते हैं इसलिए वो कभी-कभी गाने भी गाती।

'कान फोड़ोगी का? सोवै भी नहीं देती...' फिर अम्मा की वही नीम चढ़ी बोली जिससे नेहा आहत हो जाती, आंखों से आँसू निकल पड़ते और उसे वही लोकगीत याद आ जाता।

'सासू के बोल राजा हमें ना सुहावे जैसे कड़वा करेला हो हो पिया..', नेहा हंस पड़ती।

सुबह से शाम नेहा अम्मा की हिदायतें सुनती रहती, 'नेहा डब्बे का ढक्कन ठीक से बंद करो, सब्जी को बड़े चमचे से चलाओ, ढंग से साफ करो, चादर ऐसे बिछाओ, चाय स्ट्रांग बनाओ, अगर स्ट्रांग बन जाए तो कितनी स्ट्रांग बनाई।'

अम्मा अपने पंचम सुर के साथ बोलती रहतीं, नेहा भी सुनती रहती इसी बहाने कुछ सीख भी रही थी पर कभी-कभी उसे खीझ भी होती कि क्या उसे कुछ आता ही नहीं, मां के घर में तो कितनी चीजें बना लेती थी और सब तारीफ करते थे, खुश रहते थे। उन सब बातों को भुलाकर नए उत्साह के साथ काम करना शुरू करती पर अम्मा जी को खुश कर पाना उनसे तारीफ सुन पाना टेढ़ी खीर थी।

एक दिन ऐसे ही नेहा ने किताब पढ़ने के लिए उठाई कि आवाज आई

'हाय दैया, हाय दैया, हाय राम, हाय राम...' यह तो अम्मा की आवाज थी, नेहा ने दौड़ कर कर देखा तो चौंक गयी। बाथरूम में अम्मा गिरी पड़ी थीं।

जल्दी से नेहा ने उन्हें उठाया...ठीक से पकड़ो, ढंग से पकड़ना भी नहीं आता। अम्मा बड़बड़ाती जा रही थी। नेहा ने किसी तरह से पलंग पर उन्हें बिठाया। उनके पैरों में तेज चोट लगी थी, कमर में भी दर्द हो रहा था। नेहा जल्दी से हल्दी चूना ले आई और पैरों पर लेप लगाया और कमर में बाम लगाया, गर्म थैली भी रखी। अम्मा को डॉ. के पास ले जाना, चेकप करवाना, उनका पूरा ध्यान रखना ये सारे काम नेहा बड़े ही ध्यान से कर रही थी, सेवा भाव उसके अंदर शुरू से रहा था और कहीं एक उम्मीद भी उसके अंदर जन्म ले रही थी कि शायद अम्मा उससे खुश हो जाएं...हां अम्मा कुछ तो शांत थी। जब उनका पैर ठीक हुआ तो उन्होंने नेहा को बुलाया और दस हजार रुपए हाथ मे देते हुए बोली- 'खुश रहो।' आवाज में वही रौब था। नेहा इतना सुनकर झूम उठी उसे लगा कि उसे बहुत बड़ा पुरस्कार मिल गया।

दूसरे ही दिन नेहा के चाचा जी आए तो अम्मा उनसे फिर शुरू हो गई, 'अरे ढंग से कोई काम काम ही नहीं करती, गृहस्थन हो गई है पर कभी, गाने कभी किताबें...और अम्मा की अंत हीन चालीसा शुरू हो गई थी...' नेहा बस मुस्कुरा कर रह गयी।

...सच कुछ चीजें कभी नहीं बदलतीं...!

आज नेहा का चेहरा गुलाबी हुआ जा रहा था, पलके झुकी थी, होठों पर मुस्कान खिली थी, हां उसके एकांत में कोई अब अपनी किलकारियों की गूंज पैदा करने आ रहा था, एक नन्हा फूल उसके भीतर खिलने वाला था। उल्टियां शुरू हो गई थीं। थोड़ा परेशान रहती नेहा और ऊपर से अम्मा की शहद घुली हुई बोली- 'ढंग से खाओ, हल्का रखो पेट, कुछ समझ ही नहीं आता इसे,...समझ भी कैसे आता...आखिर नेहा पहली बार जो मां बन रही थी। उसे अम्मा पर गुस्सा भी आता पर गुस्सा बाहर नहीं निकलता और गलती से अगर निकल गया तो फिर अम्मा मुंह फुला कर बैठ जाएंगी, किसी से बात ही नहीं करेंगी, यह तो और भी मुश्किल की बात...इससे अच्छा तो वह दिनभर बोलती रहें, वो सब नेहा सुन लेगी लेकिन मुंह फुलाने में तो मनाते-मनाते थक जाएगी और अम्मा के साथ साथ सौरभ भी गुस्सा हो जाएंगे...

इससे तो अच्छा कि अम्मा बोलती रहें।

नौ महीने पूरे हो चुके थे और उस दिन नेहा अचानक बेचैन होने लगी, पूरा शरीर में दर्द हो रहा था, सर में भी भयंकर दर्द होने लगा। नेहा को अपनी मां की बहुत याद आई...काश! यहाँ माँ होती तो!...तभी सर पर किसी के सहलाते हुए हाथों का स्पर्श नेहा ने अनुभव किया अरे यह तो अम्मा जी हैं, 'अरे पगली! क्यों घबरा रही है मैं हूं न! सब ठीक हो जाएगा, चल मैं तेरे पैर दबा देती हूं

और फिर हॉस्पिटल चलते हैं भैया के साथ।' पल भर के लिए नेहा भूल गई कि जिन आंखों से उसे डर लगता था आज उन आंखों से छलकती हुई ममता ने मन की सारी जलती हुई पीड़ा को ठंडा कर दिया, कहीं जो कड़ुवाहट मन में घर कर गयी थी वो तो सच पूछो तो एक कड़वी औषधि थी जिसका परिणाम मीठा ही होता है। नेहा को अम्मा में अपनी मां की छवि दिखाई पड़ने लगी... नेहा ने उस दिन प्यारी सी बेटी को जन्म दिया। अपनी कृति को देखकर बहुत खुश थी नेहा। हॉस्पिटल के कमरे में वो लेटी थी। कमरे के बाहर से आवाज आ रही थी, 'अरे मेरी बहु तो सीधी है इसलिए मैं उसे दुनियादारी सिखाने के लिए के लिए डांटती रहती हूं और घर के रीति रिवाज भी सिखाने हैं इसलिए भी डपट देती हूँ।' बोलते बोलते अम्मा अंदर के कमरे में आई और ऊंची आवाज में बोली, 'नेहा! अब दवाई भी हम ही खिलाएं, हमने क्या बच्चे नहीं जने...अब थोड़ा उठो और दवा खाओ।' आज नेहा को अम्मा की किसी बात पर भी गुस्सा नहीं आया वह समझ गई थी की अम्मा कभी नीम है, कभी शहद या अंदर से पूरी शहद...

❑❑❑

न उम्र की सीमा हो

सीमा सिंह

ये वक्त जो ठहर हुआ है मुठ्ठी में फँसी रेत सा फिसलता जा रहा...लाख जतन रोकने की पर वह है कि बहता जा रहा...तुम्हारी याद के मुहाने पर आकर ठहर गई हूँ जब भी देखती हूँ पलट कर तो तुम जाते हुये दिखायी देते हो, जैसे प्लेटफॉर्म से छूटी रेलगाड़ी, जिसे पकड़ कर रोकना बेहद मुश्किल। रेल की खिड़की से झाँकते हाथ हिलाते लोग चले जाने की घोषणा से करते मालूम होते हैं...देखो न! जाते हुये बॉय भी नहीं कहा तुमने...एक डर था तुम्हारी आँखों में हमेशा से, कि जाते हुये देख नही पाते तुम...विदा आह! कितनी पीड़ा है इस एक शब्द में...दिव्या का मन जाते हुये रोहित को देख जाने किन किन ख़्यालों में उलझ गया था जबकि रोहित उसे ट्रेन में बिठा सब ठीक से व्यवस्थित कर और सारी हिदायतें देकर जा चुका था, दिव्या ही थी कि जाने कहाँ खोई हुई थी कि उसने सामने बैठे बुजुर्ग दम्पति पर ध्यान ही नहीं दिया!

रोहित जब आँखों से ओझल हो चुका और ट्रेन ने रफ्तार पकड़ ली तो उसका ध्यान उन बुजुर्गों पर गया। कोई पैंसठ से सत्तर के बीच की वय होगी पुरूष दुबले पतले से, आँखों पर पॉवर का चश्मा लगाये अख़बार पढ़ने में तल्लीन, बगल मे बैठी महिला शायद उनकी पत्नी होगीं तभी उनके काँधे पर सर रखे खिड़की से बाहर सरपट भागती दुनिया को अपलक निहार रही! एक अजीब सा सुकून है उनके चेहरे पर जो उन्हें बहुत ही सौम्य बना रहा! कहीं कोई चिन्ता कोई परेशानी की लकीर नहीं उनके चेहरे पर। तभी अख़बार पढ़ते हुये बुजुर्ग ने कहा- 'अरे भई मेरा कंधा है आपका तकिया नहीं जो लगा कर भूल गयीं आप...' महिला की तन्द्रा टूट गई और वे हँसते हुये सीधी बैठ कर बोली- 'ससुराल जाते समय माँ ने कहा था आपकी ओर इशारा करते हुये कि बेटी अब यही हैं सब कुछ...जैसे चाहे रहना जैसे चाहे रखना...'

पति उनकी बात सुन मुस्कुरा कर बोले...'हाँ तभी आप हमें तकिया बिस्तर झाड़ू पोछा कुछ भी बना लेती हैं।' पत्नी ने नाटकीय गुस्से से उनकी ओर

देखा और कुछ कहने ही वाली थी कि उनका ध्यान दिव्या की तरफ चला गया, जो एकटक दोनों जन को निहारते हुये मुस्कुरा रही थी। वे चुप हो गई और मन ही मन न जाने क्या सोच मुस्कुराने लगी! दिव्या से जब नहीं रहा गया तो उसने पूछ ही लिया– 'आंटी कहाँ जा रहे आप लोग?'

पहले दिल्ली जायेंगे और लौटते में आगरा, ताजमहल दिखाने का वादा जो किया था इन्होंने। दिव्या का कौतुहल बढ़ गया उसने झट से पूछा– 'क्या आप लोग दिल्ली और आगरा घूमने जा रहे?' इस बार जवाब पुरूष ने दिया...'हाँ भई इनकी ताउम्र शिकायत रही कि कहीं घूमाने नहीं ले जाते तो सोचा कि शुरूआत देश की राजधानी दिल्ली से की जाये और फिर मोहब्बत की निशानी ताजमहल देख वापसी कर ली जाये।'

दिव्या की आंखे खुली की खुली रह गई ये सोचकर कि जिस उम्र में हमारे बुजुर्ग खुद को बूढ़ा समझ खटिया पकड़ लेते हैं उस उम्र में ये घूमने जा रहे। तभी महिला ने अपने पति को कोहनी मार चुप रहने का इशारा किया, दिव्या समझ गई उसने कहा– 'अरे आंटी कोई बात नहीं अकंल को बोलने दीजिए न, और प्लीज आप भी कुछ अपने बारे में बताइये, मैंने बहुत से आपकी ऐज के कपल देखें हैं लेकिन वे जीवन के प्रति इतने उदासीन दिखे कि आपको यूँ घूमने जाते देख कर सरप्राइज हूँ।'

पहले तो वे थोड़ा झिझकी फिर बोलीं कि अब क्या बताये बेटा, तुम्हारे अंकल को जीवन में कभी समय ही नहीं मिला हमारे साथ रहने का, हमेशा काम और घर परिवार की जिम्मेदारी में ही उलझे रहे। सोलह साल की थी जब मेरी इनसे शादी हुई..हाँ ससुराल जरूर अट्ठारह साल पर भेजा माता पिता ने...। जब वहाँ पहुँची तो ये पढ़ ही रहे थे...न ये अपने पैरों पर खड़े थे और न ही मेरी जिम्मेदारी संभालने लायक...। घर मे ससुर जी का हुकुम चलता था भरा पूरा परिवार और बहुत सी जिम्मेदारियाँ थी। बड़ी बहु होने के नाते घर की अधिकांश जिम्मेदारी मेरे कंधों पर आ पड़ी, एक मिनट का भी समय नहीं मिलता। कभी कभी तो अकेले बैठ खूब रोती कि माँ पिता ने कहाँ पटक दिया, इससे अच्छा होता कि वे कहीं जंगल में छोड़ देते। ऐसे कठिन समय में इन्होंने मेरा पूरा सहयोग किया ये चुपके चुपके मेरे कामों मे हाथ बँटा देते, कपड़े फैला देते। उठा भी ले आते, रसोई के भी कुछ कुछ काम कर देते...इनके साथ काम करते मुझे बहुत अच्छा लगता और मैं अपने दुख भूल जाती। पर जल्दी ही इस सुख पर भी किसी की नजर लग गई...शादी के एक साल हो चुके थे इनकी पढ़ाई भी पूरी हो चुकी थी ये नौकरी के लिये इधर उधर आवाजाही में लगे थे कि एक दिन इनकी नौकरी का तार आ गया, मन जितना खुश हुआ उतना ही दुखी भी, अगले हफ्ते

ही ज्वाइन करना था। मेरे मन में धुकधुकी लगी थी कि इनके जाने के बाद कैसे रहूँगी कैसे सब जिम्मेदारियाँ निभाऊँगी। इसी उधेड़बुन में जाने का समय भी आ गया इनके बहुत समझाने पर भी मेरा मन बैठ गया और ये चले गये...कहते हुए आंटी की आंखे भीग गई!

उन्होंने खिड़की से बाहर देखा और चुप हो गयीं...जब कुछ देर हो गई तो दिव्या ने ही उन्हें टोका, 'अरे आँटी आपको दुखी करना नहीं चाहती थी बस आप दोनों को इस उम्र में यूँ खिलखिलाते देख मन हो गया आपके बारे में जानने का...' आँटी ने उसकी ओर देखा और बोली ऐसी बात नहीं है बेटा...बस जीवन ने कभी इतना समय ही नहीं दिया कि अपने बारे में सोच सकें। इनकी नौकरी लगने के बाद से ये हर तीन चार महीने में दो तीन दिन के लिये आते और चले जाते, जी कितना दुखी होता कितना रोती लेकिन इनकी हिम्मत सब कुछ संभाले रहती! घर का बड़ा बेटा होने के नाते सारी जिम्मेदारियाँ इन्हीं को उठानी थी तीन बहनों की शादी दो छोटे भाइयों की पढ़ाई, उनके जीवन को व्यवस्थित करना, उनका शादी ब्याह और उस पर हमारे दो बच्चे, वो भी दोनों लड़कियाँ! सास ने कितना तो सुनाया...घर परिवार समाज हर एक का दबाव कि एक लड़का तो होना ही चाहिये। वैसे भी हमारे जमाने में पाँच छः बच्चे बड़े आम थे। लेकिन इन्होंने किसी की नहीं सुनी और बच्चे करने से साफ मना कर दिया। ये तो चले जाते मगर सुनना मुझे पड़ता, इन्हीं सब जंजालों मे जीवन यूँ ही निकल गया। न ये मुझे अपने पास बुला सके न मैं ही घर परिवार छोड़ इनके पास जा सकी। आखिर रिटायरमैन्ट के बाद ही ये वापस घर आये जब न मन में कोई इच्छा बची थी न कोई उमंग।

हर बार की तरह इस बार भी इन्होंने किसी की परवाह नहीं कि और कहा कि हम तब साथ नहीं रह सके तो अब तो रह सकते हैं, तब नहीं घूम सके तो अब तो घूम सकते हैं।...मेरे बहुत मना करने के बाद भी इन्होंने गाँव की अपने हिस्से की जमीन बेच कर शहर में दो कमरे का फ्लैट ले लिया...चूँकि अब सभी लोग सैटेल हो चुके थे लड़कियाँ भी अपने घर जा चुकी थीं तो हम पर कोई जिम्मेदारी नहीं थी। हम शहर वाले फ्लैट में रहने के लिये आ गये और दो साल से वहीं हैं। बच्चे और परिवार के लोग बीच बीच में आ जाते हैं मिलने कि लिये या हम कभी कभार चले जाते है लेकिन रहते अकेले ही हैं। बस अब यूँ ही निकल पड़े है घूमने...। लालकिला और ताजमहल देखने का बड़ा मन था मेरा, तो तुम्हारे अंकल ने वहीं का टिकट करा लिया! यह कहते हुये उनके चेहरे पर बच्चों जैसा एक्साइटमेन्ट था। दिव्या उनकी बातें सुन आश्चर्य चकित थी कि इतने साल अलग रहने के बाद भी दोनों के बीच कितना मधुर संबंध था दोनों

कितने समीप थे एक दूसरे के, एक वो है कि शादी के बाद से रोहित के साथ है लेकिन कोई दिन नहीं जाता जब दोनों की तू तू मैं मैं नहीं होती। उसे मन ही मन खुद से निराशा हुई उसने निश्चय किया कि वापस जाकर वह खुद को बदलेगी और कोशिश करेगी बहस न करने की। उसके मन के रफ्तार के साथ ही ट्रेन की रफ्तार भी कम हो चुकी थी और गाड़ी प्लेटफॉर्म पर खड़ी हो चुकी थी। सामने अंकल आंटी उतरने की तैयारी में अपना सामान समेट रहे थे और दिव्या बस न जाने कहाँ थी। ट्रेन के दरवाजे पर पहुँच उसने सामने प्लेटफॉर्म पर देखा अंकल आंटी एक दूसरे का हाथ थामे कुली के पीछे पीछे चले जा रहे थे...

❑❑❑

रुक जाना नहीं, तू कही हार के

डॉ. रंजना जायसवाल

चारों तरफ मीडिया और पत्रकारों की भीड़ लगी थी। यह कोई नेता या कोई समाज सेवक की सभा नहीं थी...यह तो वह सपना था जो विधि ने स्वयं देखा था। यह भीड़ उस हौसले के सम्मान के लिए जुटी थी, जिसे समाज ने हर कदम पर तिरस्कृत किया और उसके कोमल पंखों को नोच फेंकने का प्रयास। ईश्वर ने तो विधि के भाग्य में एक ऐसा विधान लिखा था जो कोई लड़की अपने जीवन में नहीं चाहेगी...पर विधि ने अपने भाग्य में लिखे उस स्याह पन्ने को अपने उत्साह और जज्बे से पलट दिया। आज उसके रेस्टोरेंट का उद्घाटन था।

क्यारियों में लगे गुलाब और गेंदे के फूल में उभरता उसका वह चंपाई तन...तेजाब के जहर में बुझ चुका था...पर जो जिंदा था वह था उसका आत्मविश्वास। एक लंबे से हाते को पार करके झोपड़ीनुमा बना रेस्टोरेंट शांति और सुकून देने वाला था। एक तरफ साहित्यिक किताबें तो दूसरी तरफ तरह-तरह वाद्यंत्रो का जमावड़ा...माहौल को खुशनुमा बना रहे था। बेंत की कुर्सियां, मेज, मोड़ें और पारंपरिक बर्तनों से सुसज्जित था रेस्टोरेंट। रेस्टोरेंट का सारा दामोदर लड़कियों के हाथ में था, एक तरह के कपड़ों में वह लड़कियाँ तितलियों की तरह खूबसूरत और आत्मविश्वास से पूर्ण लग रही थी।

'माँ-माँ!...किस सोच में डूबी हो, आओ रिबन तो काटो...'

एक बड़े से बोर्ड में रेस्टोरेंट का नाम लिखा था- 'माँ की रसोई'

माँ की आँखों में आँसू आ गए...माँ ने विधि के उस जले हुए चेहरे को अपने हाथों में लिया और उसके माथे पर चुंबन अंकित कर दिया। कितने दिनों बाद...हाँ कितने दिनों बाद माँ ने विधि को इस तरह से प्यार किया था। विधि की आँखे छल-छला गई। माँ के हाथों की गर्माहट वह अब भी अपने चेहरे पर महसूस कर रही थी। कितना कठिन था यह सफर...और कितनी मुश्किलों से भरा...पर हर मंजिल को रास्ता मिल ही जाता है। तेजाब के छीटों ने उसके कानों

को भी विकृत कर दिया था। उसने उन कानों में टाप्स पहनना भी छोड़ दिया था। बाबा कितने फक्र से उसके चेहरे को देख कर कहते थे, 'जिनके कान बडे-बड़े होते है वे ज्ञानी और भागयशाली होते है।...विधि का मन न जाने क्या सोचकर कसैला हो गया। क्या इसे ही भाग्य कहते है...क्या ऐसा ही भाग्य उसने अपने लिए सोचा था?

पापा कहते है कि बाबा कहते थे यह लड़की इस घर का भाग्य है पर ऐसा...ऐसा भाग्य तो कभी भी किसी लड़की ने न सोचा होगा। न जाने क्या सोचकर विधि की आँखे भर आई और वह अतीत में खोती चली गई। याद है उसे आज भी वह दिन जब कितनी मिन्नतों और सिफारिशों के बाद माँ उसे कॉलेज भेजने को तैयार हुई थी।

'आप तो मेरी कोई बात सुनते ही नहीं...जमाना बहुत खराब है। कोई ऊंच-नीच हो गई तो समाज को क्या जवाब देंगे।'

'विधि की माँ!...चिंता ना करो, यह हमारी बेटी नहीं बेटा है। देख लेना आगे चलकर हम सबका नाम रोशन करेगी, तुम्हें उस पर फक्र होगा।'

पापा का मद्धिम स्वर अभी भी विधि महसूस करती थी।

'तुम माँ होकर उसकी मन की भावनाओं को नहीं समझ सकती...उसके कदमों को मत रोको। देख लेना एक दिन तुम उसके नाम से जानी जाओगी।'

पापा का चेहरा विश्वास और गर्व से चमकने लगा। विधि अपने सपनों को यूँ टूटते नहीं देखना चाहती थी...पर नियति को कुछ और ही मंजूर था। विधि बचपन से ही बहुत होनहार थी, उसका सपना था कि वह सिविल सर्विसेज की परीक्षा पास कर समाज के लिए कुछ कर सके। विधि के पापा उसके सपनों के साथ कंधे से कंधे मिलाकर खड़े थे। मार्केट में सामान्य ज्ञान की कोई भी नई किताब आती, पापा तुरंत दौड़ जाते। माँ कभी-कभी उलाहना भी देती, घर का एक काम बता दो...तो सौ-सौ बहाने करते हैं...पर बेटी की बात हो तो ऐसे दौड़ते हैं मानो एक उन्हीं को चिंता है और किसी को नहीं।'

देर रात तक पढ़ती विधि की आँखे जब नींद और थकान से बोझिल हो जाती...तब न जाने उन्हें कैसे पता चल जाता और वो विधि के लिए कॉफी लेकर हाजिर हो जाते। पापा की मजबूत हथेलियाँ जब उसकी दुखती गर्दन और माथे को सहलाती तो विधि अपना सारा दर्द और थकान भूल जाती।

'विधि कई दिनों से देख रहा हूँ कि तुम कुछ परेशान चल रही हो...सब कुछ ठीक है न बेटा!'

विधि आज तक ये बात नहीं समझ पाई कि वो जब भी किसी परेशानी में होती तो पापा को कैसे पता चल जाता था।

'कुछ नहीं पापा, कोई खास बात नहीं...'

विधि पापा से नजरें नहीं मिला पा रही थी, 'विधि मेरी आँखों में आँखे डालकर बोलो कि सब ठीक है, वाकई में कोई बात नहीं।'

पापा का स्वर गम्भीर हो गया, 'पापा सुमित का एक दोस्त है अखिलेश ...पिछले साल अपने घर भी आया था।'

'सुमित...कौन सुमित?'

'ताऊ जी का बेटा।'

'अच्छा तुम उस सुमित की बात कर रही हो तो...तो फिर क्या हुआ, पापा अखिलेश एक साल से मेरा पीछा कर रहा है, वह रोज मुझे तंग करता है। गंदी-गंदी बातें बोलता है, मेरा कॉलेज आना-जाना मुश्किल होता जा रहा है। कभी-कभी वह मुझे धमकियाँ भी देता है। विधि ने दबे स्वर में कहा...पापा का चेहरा गुस्से से तमतमाने लगा, 'उसकी इतनी हिम्मत कि मेरी बेटी के साथ ऐसी नीच हरकतें करें!'

'पापा आप परेशान मत होइए चिंता की बात नहीं है, सब ठीक ही जायेगा। माँ से कुछ मत कहिएगा, वो वैसे भी मेरे कॉलेज जाने के खिलाफ है। बेकार में वो भी परेशान हो जाएगी।'

विधि का बुझा चेहरा देखकर पापा धीरे-धीरे शांत हो गए। उन्होंने बड़े ही संजीदा स्वर में विधि से कहा, 'विधि...क्या मैं सुमित से बात करूँ!'

'पापा कोई फायदा नहीं, वैसे भी ताऊ जी और उनके बच्चे गाँव की जमीन वाले मसले को लेकर हमें पसंद नहीं करते, कोई फायदा नही...।'

'...तो क्या पुलिस के पास चले?'

विधि कुर्सी से उठ खड़ी हुई।

'नहीं-नहीं पापा ऐसा मत कीजिएगा, वरना मेरी पढ़ाई बंद हो जाएगी। आप परेशान मत होइए, सब ठीक हो जाएगा।'

कहने को तो विधि ने पापा से कह दिया कि सब ठीक हो जाएगा पर क्या वाकई में सब ठीक हो गया। काश उसने उसी वक्त कोई ठोस कदम उठाया होता तो...आज उसकी जिंदगी ऐसी नरकीय न होती।

याद है उसे आज भी वह काला दिन...अतीत के काले पन्ने पलटते चले गए। उस दिन वह कॉलेज से जल्दी आ गई थी, पिताजी चुपचाप बैठे हुए थे और माँ...माँ लगातार बड़बड़ा रही थी। विधि को कुछ भी समझ में नहीं आ रहा था कि आखिर माजरा क्या है। विधि ने इशारों-इशारों में पिताजी से माँ के बड़बड़ाने का कारण पूछा पर माँ तो...आखिर माँ ही थी, वह खुद ही विधि के सामने आकर बैठ गई।

'आज तुम्हारा वह लाड़ला भाई सुमित आया था!'

विधि ने आश्चर्य से पापा की ओर देखा। पापा चुपचाप बैठे हुए थे, 'तुम्हारे पापा को धमकाकर गया है कि गाँव वाली जमीन उनके नाम कर दे वरना परिणाम अच्छा नहीं होगा। वह कल के बच्चे जो हमारे सामने चड्डी-बनियान पहनकर घूमा करते थे, आज अपने चाचा को धमका रहे हैं। अरे!...हमारे सामने भी पूरी जिंदगी पड़ी है जवान बेटी घर पर है, हमारी जिम्मेदारियाँ कैसे पूरी होंगी।'

विधि आश्चर्य में पड़ गई...पैसा और जमीन के आगे खून के रिश्ते कितने हल्के पड़ जाते हैं। जिस सुमित को उसने अपनी गोदी में खिलाया था, आज वह उसके पापा को धमकी देकर गया है। उसका मन वितृष्णा से भर गया। घर में अजीब सा सन्नाटा पसरा हुआ था। घर में किसी ने खाना नहीं खाया।

'माँ!...जल्दी से नाश्ता दे दो...मुझे कॉलेज भी जाना है। आज मुझे कढ़ी खाने का बहुत मन है दोपहर के खाने में जरूर बनाना।'

माँ ने फीकी मुस्कान के साथ विधि की ओर देखा, विधि ने माँ के हाथों को हौले से थाम लिया।

'माँ चिंता ना करो, सब कुछ ठीक हो जाएगा...मैं हूँ ना!'

माँ के चेहरे पर एक उदासी छाई हुई थी, सब अपने अपने रोजमर्रा के कामों में लग गए, 'अजी सुनते हो...विधि अभी तक नहीं आई। आज तो उसकी क्लासेस भी कम थी।'

'अरे चिंता क्यों करती हो...आती ही होगी।'

तभी फोन की घंटी बजी, 'हेलो!...क्या ये विधि चौहान का नम्बर है।'

'क्या हुआ सब ठीक है ना...विधि...विधि ठीक है न। आप...आप कौन बोल रहे हैं।'

पापा की घबराहट बढ़ती जा रही थी।

'मैं जीवन ज्योति अस्पताल से बोल रहा हूँ। आपकी बेटी की हालत ठीक नहीं है।'

पापा का चेहरा सफेद पड़ चुका था। विधि की माँ कुछ भी समझ नहीं पा रही थी।

'क्या हुआ विधि के पापा किसका फोन था, आप ऐसे चुपचाप क्यो बैठे हैं। बताइए न मेरा जी बैठा जा रहा है!'

पापा के शब्द गले में अटक कर रह गए। पापा और माँ दौड़ते-भागते अस्पताल पहुँचे, 'कहाँ है मेरी बेटी?'

'आप ही हैं पीड़िता के पिता!'

'क्या मतलब!...क्या कहना चाहते हैं आप...मुझे फोन किसने किया था!'

'मैंने ही आपको फोन किया था, आपकी बेटी के ऊपर दो व्यक्तियों ने तेजाब से हमला किया है। उसकी हालत काफी खराब है, चेहरे का एक हिस्सा पूरी तरीके से जल चुका है।'

पापा की आँखों के सामने विधि का मासूम चेहरा घूम गया। माँ वहीं बेहोश होकर गिर पड़ी। विधि की तो सारी दुनिया ही लूट चुकी थी। उसके सारे सपने कांच की तरह बिखर चुके थे।

'देखिये ये कॉलेज के लड़के जबरदस्ती कर रहे हैं...हम मरीज को एडमिट नहीं कर सकते। ये पुलिस केस है। पुलिस को बुलाइये...वो परमिशन देगी तभी हम हाथ लगाएंगे। वैसे भी सीनियर डॉक्टर उठ चुके हैं। अब वो शाम को ही बैठेंगे...ऐसा कीजिए इन्हें जिला अस्पताल ले जाइए।'

विधि की हालत देखी नहीं जा रही थी। उसकी चीखों से अस्पताल की दीवारें दहल गई थी। तभी एक कम उम्र का लड़का जो शायद जूनियर डॉक्टर था। कमरें से बाहर निकला।

'...क्या बात है इतना हो-हल्ला क्यों मचा रखा...ये अस्पताल है आपका घर नहीं।'

पापा के सब्र का बाँध टूट चुका था। उन्होंने कांपते हुए हाथों से उस डॉक्टर के पैर पकड़ लिए।

'बेटा इंसानियत के नाते..कुछ तो दया करो।इसकी हालत तो देखो..इस हालत में इसे कहाँ ले जाऊँगा।'

'अरे-अरे...आप ये क्या कर रहे हैं। देखिए...मैं कुछ नहीं कर सकता...आप प्लीज इन्हें यहाँ से ले जाइए...ये पुलिस केस है। कोई डॉक्टर इन्हें हाथ नहीं लगायेगा। कौन पुलिस के चक्कर में फँसे।'

उस जूनियर डॉक्टर की बात को सुनकर कॉलेज के लड़के सकते में आ गए और वो मरने-मारने पर उतारू हो गए। पापा विधि की हालत देखकर सुबकने लगे...उन्हें कुछ भी समझ नहीं आ रहा था कि विधि को कहाँ लेकर जाए।

'अंकल जी आप चिंता न करें...आपकी बेटी का इलाज अब यहीं होगा। देखते हैं कौन माई का लाल भर्ती करने से रोकता है। थोड़ा-बहुत कानून तो हम भी जानते हैं।'

लडकों की जलती हुई निगाहें को देखकर अस्पताल सहम गया। ये घटना जंगल मे आग की तरह फैल गई। पता नहीं किसने पुलिस को भी इतला कर दी। मीडिया और पुलिस के दबाव में अस्पताल को विधि को भर्ती करना पड़ा। नर्स ने एक बड़ा-सा कागज पकड़ा दिया...

‘आप जल्दी से रिसेप्शन पर फार्म और पैसा जमा कर दीजिए। हमें इलाज शुरू करना है।’

लड़के फिर से भड़क गये...

‘आप को फार्म भरवाने की जल्दी पड़ी है...मरीज की हालत नहीं दिखाई दे रही।’

पापा ने काँपते हुए हाथों से कमीज के कोने से आँसुओं से धुंधले पड़ आये चश्मे को पोछा और फार्म को भरना शुरू किया- ‘इलाज के दौरान अगर मरीज को कुछ हो जाता है तो उसकी जिम्मेदारी अस्पताल की नहीं होगी।’ अंतिम पंक्तियों को पढ़ते-पढ़ते पापा निढाल हो कर गिर पड़े। माँ पहले ही बेसुध थी।

‘अरे-अरे...अंकल अपने आप को संभालिये...सब ठीक हो जायेगा।’

पुलिस, मीडिया और लड़कों के दबाव में विधि का इलाज शुरू हुआ। ‘बर्न यूनिट’ के आगे लोगों का जमावड़ा लगा हुआ था। विधि के शरीर के जले हुए हिस्सों को साफ जल से धोकर तेजाब हटाने का प्रयास किया जा रहा था। पानी की शीतलता भी तेजाब की जलन को शान्त नहीं कर पा रही थी। उसकी चीखों से पूरा अस्पताल हिल गया था। गरम रोटी की भाप या गर्म तेल पड़ जाने पर कितनी जलन होती है यहाँ तो पूरा शरीर तेजाब से झुलस गया था। मीडिया को दिन-भर चलाने के लिए मसाला मिल गया। पापा रोज-रोज थाने के चक्कर लगाते थक चुके थे।

अंत में दोनों गुनहगार पकड़े गए, उस सिरफिरे आशिक अखिलेश और जमीन के चन्द टुकड़ों के लिए सुमित ने विधि की जिंदगी बर्बाद करके रख दी थी। रिश्तो के धागे तार-तार हो गए थे। शरीर के घाव तो धीरे-धीरे भरने लगे थे पर मन के घाव इतने गहरे थे कि उनका भरना इतना आसान नहीं था। दर्जनों ऑपरेशन और महीनों चले इलाज ने विधि को जीवन तो दे दिया पर उसका वो खूबसूरत चेहरा और आत्मा तो उस दिन ही मर चुकी थी।

घर की खुशियाँ न जाने कहाँ खो गई थी। इन बीते दिनों में वो न जाने कितनी बार मरी थी...घर की चौखट पर पैर रखते ही मन जार-जार करके रो पड़ा।...पर उसने अपनी आँसुओं को अपने दुपट्टे में समेट लिया।

‘विधि आज तेरी पसन्द की कढ़ी-चावल बनाये है...जा जल्दी से हाथ-मुँह धो आ।’

विधि माँ को एकटक देखती रह गई...उस दिन हाँ...उस दिन भी तो उसने माँ से कढ़ी चावल बनाने को कहा था। विधि के सब्र का बांध टूट गया और वो माँ से लिपट कर रो पड़ी। आज माँ ने विधि को नहीं रोका।

'रो ले बेटा...जी भर कर रो ले। आज अपने मन की सारी बुरी यादों को तू निकाल दे।'

माँ का आँचल आँसुओं से भीग गया, 'चल...अब जा...जल्दी से हाथ मुँह धो कर आ। मैं सबके लिए खाना लगाती हूँ।'

...और माँ डाइनिंग टेबल पर खाना लगाने लगेगी।

'अरे माँ!...ये क्राकरी क्यों लगा रही हो, कोई मेहमान आने वाला है क्या!'

'अरे नहीं विधि...तेरे पापा कहने लगे कि स्टील के बर्तनों में खाते-खाते ऊब गए हैं...इन्हें किसी को दे दो। बस अब तो इसी को निकाल लिए है।'

'...पर माँ वो तो अभी दीपावली पर ही लिए थे...इतने चमकते थे कि उसमे अपना चेहरा देख लो।'

'तू तो जानती है न अपने पापा को...जो एक बार बात मन मे बैठ गई तो...बस...बैठ गई। चल तू अब जल्दी से जा नहाकर आ जा...।'

विधि अपने कमरे की तरफ बढ़ गई...कितने दिनों बाद वो अपने कमरे में आई थी।

'माँ...मेरे कमरे का शीशा कहा गया...मैं कंघी कैसे करूँगी।'

विधि ने जोर से आवाज लगाई, 'विधि घर के सारे शीशे कितने पुराने हो गए थे इसीलिए हटा दिए अब तू आ गई है न...नए ले लेंगे।'

विधि को कुछ भी समझ मे नहीं आ रहा था कि आखिर ये हो क्या रहा है। विधि ने सोचा जब तक माँ खाना लगा रही है वो झट से नहा ले। बाल्टी पानी की तेज धार के साथ भरने लगी...विधि ने अपनी दोनों अंजुलियों को पानी से भरकर मुँह पर डाला...मन मस्तिष्क पानी की शीतलता से ठंडा होता चला गया। विधि की नजर बाल्टी के हिलते हुए पानी पर पड़ी...ये...ये तो मैं हूँ न...और एक दर्दनाक चीख उसके मुँह से निकल गई। माँ विधि की आवाज को सुनकर दौड़कर आई...वो सारा मंजर समझ चुकी थी। घर मे आये इस अभूतपूर्व परिवर्तन को विधि पूरी तरह समझ चुकी थी। विधि बहुत देर तक सिसकती रही।

समय बीतता गया और घाव भरते रहे पर...पर बातें और यादें वैसे ही पीछा करती रही। उन सूने सवालों का...जायज जवाब वो हर जगह ढूढती रहती पर...। माँ अक्सर पापा को कोसती रहती...कितनी बार मना किया था कि बेटी को कॉलेज मत भेजो पर तुम्हें तो अफसर बनाने का शौक था। लो भुगतो कौन करेगा इससे शादी, क्या होगा अब इसका...माँ कहकर रोने लगती। पिताजी चुपचाप सर पर हाथ दिए छत की तरफ न जाने किन प्रश्नों का जवाब ढूंढते रहते हैं, ऐसे प्रश्न जिनका उत्तर किसी के पास नहीं था। धीरे-धीरे विधि ने पढ़ाई

में अपना मन लगाना शुरू कर दिया। अब वह घर में ही रह कर अपनी तैयारी कर रही थी। लोगों की तीर भरी निगाहें उसकी अंतरात्मा को छलनी करती रहती।

'जरूर किसी लड़के के साथ चक्कर रहा होगा, मैडम मानी नहीं होंगी लड़का भी क्या करता। जमीन क्या बेटी की जिंदगी से ज्यादा प्यारी थी। अरे कर देते भतीजे के नाम...बिटिया की जिंदगी तो बच जाती।'

वह आज तक इस सवाल का जवाब नहीं ढूंढ पाई कि एक सिरफिरे आशिक की बात न मान कर उस ने सही किया या गलत। समाज आज भी उसे सवालिया नजर से देख रहा और कल अगर उसकी बात मान भी ली होती तब भी क्या कम कोसता। इम्तिहान खत्म हो गए थे, विधि ने कई जगहों पर नौकरी के लिए आवेदन पत्र दिया था।...पर हर जगह से उसे एक जवाब मिलता...मैम! ...सीट फुल हो चुकी है। आप कही और प्रयास कीजिए। विधि समझ चुकी थी कि उसे लोगों से सहानभूति तो मिल सकती है पर नौकरी नहीं। समाज के दोहरे चेहरे ने उसके मन को अंदर तक आहत कर दिया था।

एक दिन यूँ ही जब वो छत पर खड़े सूरज को डूबता देख रही थी। उसे लग रहा था मानो उसके भीतर भी बहुत कुछ डूब रहा है। तभी एक वयोवृद्ध जोड़ा अगरबत्ती बेचता गली से गुजरा। वृद्ध पुरूष लकड़ी से बनी गाड़ी जिसमें उनकी पत्नी बैठी थी...को धकेल रहा था।

'बाबा इस उम्र में आपको घर पर आराम करना चाहिए तब आप अगरबत्तियां बेच रहे है!'

विधि ने कौतुहूलता से पूछा।

'बेटा जीवन चलने का नाम है, एक जगह बैठ जाओ तो मशीन में भी जंग लग जाता है। बेटा यही मेरी आजीविका है, इस बुढ़िया से कहता हूँ कि घर बैठो पर औरत जात...औरत जात को समझाना क्या इतना आसान है...'

वृद्ध पुरूष ठठा मारकर हँस पड़े, विधि को मानो जीने का मकसद मिल गया। माँ अलमारी ठीक कर रही थी, पापा मुझे आपसे कुछ बात करनी है।

'हाँ विधि बोलो क्या हुआ!'

'पापा मुझे कुछ पैसे की जरूरत है, मैं अपना काम करना चाहती हूँ।'

माँ और पापा आश्चर्य से एक-दूसरे को देख रहे थे, 'क्या हुआ विधि किसी ने कुछ कहा?'

'नहीं पापा कुछ भी तो नहीं। मैं घर में बैठे-बैठे क्या करूँगी। सोचती हूँ, कुछ काम शुरू कर दूँ। अगर आपको कोई दिक्कत ना हो तो आपने मेरी शादी के लिए जो जमीन बचा कर रखी है उसे बेच दीजिए।'

माँ का मुँह आश्चर्य से खुला का खुला रह गया, 'ऐसे कैसे बेच दे, विधि

वह जमीन तुम्हारी शादी के लिए बचा कर रखी है कल को तुम्हारी शादी...।'

आखिरी शब्द माँ के गले में अटक कर रह गए, 'माँ सपनों की दुनिया से वापस आ जाओ, तुम्हारी बेटी की शादी कहीं नहीं होने वाली। कोई शहजादा तुम्हारी बेटी को ले जाने के लिए नहीं आने वाला।'

पापा ने विधि के सिर पर हाथ फेरते हुए कहा- 'बेटा!...अगर तुम्हारी यही इच्छा है तो मैं तुम्हारे साथ हूँ। मैं कल ही उस जमीन को बेचने का इंतजाम करता हूँ।'

वो दिन था और आज का दिन...। कैमरे की चकाचौंध और पत्रकारों के सवालों का जवाब देते हुए विधि का चेहरा आत्मविश्वास से चमक रहा था।

'मैडम आपको बहुत-बहुत बधाई आज इस रेस्टोरेंट को खोल कर आपको कैसा लग रहा है।'

विधि ने बड़े आत्मविश्वास के साथ कहा- 'यह रेस्टोरेंट्स सिर्फ जीविका चलाने का माध्यम नहीं बल्कि उन सभी महिलाओं के लिए प्रेरणा स्रोत है जिन्हें समाज किसी न किसी रूप में तिरस्कृत कर देता है। मैं उन सभी महिलाओं से सिर्फ इतना ही कहना चाहती हूं कि जिंदगी हर कदम एक नई जंग है और उस जंग को जीतना ही सबसे बड़ी जीत है। जीवन मे समुद्र नहीं...नदी बनिये। समुद्र तो एक जगह...एक वक्त पर आकर ठहर जाता है...पर नदी तो बहती रहती है...नए रास्तों की तलाश में अविरल, अविराम और अनवरत। जीवन में अनन्त सम्भावनाएं हैं, जरूरत है तो उन सम्भावनाओं में मंजिल की तलाश करना। मेरे लिए भी इस मंजिल तक पहुँचना आसान नहीं था...पर कहते हैं ना मुश्किल नहीं कुछ भी अगर ठान लीजिए।'

विधि की चेहरा आत्म विश्वास से चमक उठा।

❑❑❑

कोशिश

✍ डॉ. जया आंनद

आँखे सनी हों या आँखे भरी हों, दोनों ही उदासियाँ बिखेरती हैं। आज आंखें भरी थी दो नहीं कई आंखें, आंखों से बरस रही थी उदासियां उन बरसती उदासियों में एक चेहरा उभर रहा था साँवला सा कुछ अपना सा, हाँ वह एक सांवली सी दुबली-पतली लड़की थी चेहरे पर कोई आकर्षण नहीं कपड़े भी साधारण से कुल मिलाकर ऐसा कुछ भी नहीं जो मन में जगह बना ले पर फिर भी वह लड़की मन के एक कोने में कब आ कर चुपके से बैठ गई पता ही नहीं चला।

'हाय मैम! यह सपना है मैथ्स की नई टीचर 'स्टाफ रूम में एक टीचर ने मेरा उससे परिचय कराया।' मैंने मुस्कुरा कर उसकी ओर देखा बदले में उसने भी एक हल्की-सी मुस्कान बिखेर दी। सांवली से चेहरे पर स्वच्छ धवल मुस्कान ने कुछ भाव उसके प्रति जगा दिये। सच एक मुस्कान कितने सारे प्रश्नों का समाधान कर देती है, कौन...क्या...कैसा?

मैं लेक्चर लेने चली गई और फिर कॉलेज की नित्य प्रति की क्रियाएं जिसमें छात्र-छात्राओं को डांटना भी शामिल होता है।

'कैसे सुधरेंगे आजकल के छात्र! टीचर को कुछ समझते ही नहीं...नहीं कुछ विद्यार्थी तो बड़े अच्छे होते हैं और कुछ बेहद लापरवाह' इन्हीं सारे विचारों का मंथन करते हुए जब लेक्चर लेकर मैं वापस रूम की ओर आ रही थी तो क्लास में फंसी हुई सी आवाज आई झांक कर देखा।

'अरे! यह तो सपना है', पूरी क्लास शांत होकर उसका लेक्चर सुन रही थी। वाह! आवाज में फँसाव था लेकिन एक बुलंदी भी थी, कुछ बात तो है इसमें। मन में मैंने सोचा।

कॉलेज है तो सोमवार से शनिवार कैसे आता है भागम भाग में पता ही नहीं चलता, संडे इज द हॉलीडे। उस दिन आभास होता है कि इन छह दिनों में क्या-क्या घटनाएं घट गयीं।

दूसरे या तीसरे दिन ही शुभा ने बताया, 'उसकी मां को कैंसर है।'

'किसकी?' मैंने चिंतित स्वर में पूछा।

'नई टीचर का क्या नाम है...हां वो सपना...'शुभा जल्दी में बताकर लेक्चर में चली गई।'

मैं हतप्रभ रह गई। इतनी छोटी लड़की और इतना दुख...हम अपने ही दुख से दुखी रहते हैं कि औरों के दुख कष्ट का अंदाजा भी नहीं होता मन सचमुच विह्वल हो उठा।

सपना धीरे-धीरे सब में घुलने मिलने लगी। हम सबका इंटरवल में लंच करना एक नियम था तथा चाहे कितने भी वाद-विवाद क्यों न हो। अब सपना का भी डब्बा खुलने लगा था। मुंबई में सब के लंच बॉक्स डब्बे हो जाते हैं।

'सौम्या! क्या सब्जी लाई है?' शुभा ने जोर से पूछा।

'आज मैं राजमा लायी हूँ', मैंने ऐसे कहा मानो कोई बहुत बढ़िया चीज बनाई है।

'नैंसी अपना आईडी इडली सांभर दे मेरे पास,...पास करो डब्बा भूख लगी है।' लंच टाइम में मचलती आवाजों और विविध स्वाद के बीच सपना के डब्बे में ज्यादातर उबला दाल-चावल और अचार ही रहता था। विश्वजा ने एक दिन उससे पूछ लिया- 'हर दिन दाल-चावल ही क्यों और वह भी उबले हुए?'

'क्या करूं मैं...अब मुझे ही बनाना पड़ता है मम्मी तो बीमार है, पापा भाई सबके लिए बनाना और सुबह-सुबह गोरेगांव से कॉलेज के लिए निकलना...पूरे दो घंटे लगते हैं फिर मुझे ज्यादा कुछ बनाना भी नहीं आता...' सपना लगातार बोलती चली गई अपनी कुछ भारी और फँसी सी आवाज में।

अभी वह छोटी सी लड़की थी और इतनी जिम्मेदारी...सोचकर मेरा मन भारी हो जाता पर जीवन में दुख लगातार बने रहते हैं तो व्यक्ति जीवन जीना सीख लेता है और उन पलों में भी सुख की तलाश कर लेता है।

'चलो न मैम खो-खो खेलते हैं, चलो न प्लीज', सपना ने चहकते हुए कहा।

'खो-खो और हम टीचर्स!' पर सपना के प्यार भरे आमंत्रण को हम मना नहीं कर पाए और खो-खो खेल कर कॉलेज का भरपूर मजा लिया। सपना के इस अंदाज से हम सब के मन के बच्चा कहीं जग गया था। अब कभी कॉलेज में डांडिया होता तो कभी वॉलीबॉल का खेल, नहीं तो मोबाइल के गानों पर सपना का डांस। पारम्परिक शिक्षक की छवि को तोड़ने का सारा श्रेय सपना को ही जाता है।

कॉलेज में शोर न हो तो उसके अस्तित्व पर ही प्रश्नचिन्ह लगने लगे।

विद्यार्थियों का शोर, लेक्चर्स का शोर, कॉलेज में बजने वाली घण्टियों का शोर...पर ये शोर कुछ अलग था-

कोई बेहोश हो गया था। कौन? कोई छात्र...नहीं कोई टीचर!...मेरे मन मस्तिष्क में अनेक सारे प्रश्नों का जाल बिछने लगा। मैं पाँच मिनट पहले ही लेक्चर छोड़ कर आ गई। वहां का नजारा ही आश्चर्य में डालने वाला था। सपना बेहोश हो गई थी। सभी टीचर, अन्य कर्मचारी सपना के चेहरे पर पानी डाल रहे थे उसे होश में लाने की कोशिश कर थे पर उसे होश ही नहीं आ रहा था। पता लगा सपना के दस हजार गायब हो गए हैं जो उसके भाई की फीस के लिए थे।

सपना को होश नहीं आया हमने उसको पास के हॉस्पिटल में भर्ती कराया और उसे जैसे ही होश आया वह तड़प उठी, 'पापा को मत बताना। प्लीज मैम ...पापा को।' उस दिन उसकी आर्थिक स्थिति का भी हमें अंदाजा हो गया था।

साथ रहने से किसी को न जानना भी चाहो तो भी उससे परिचय प्रगाढ़ होने लगता है। सपना की सारी गतिविधियां, उसकी परेशानियां उसकी खिल-खिलाहट सबसे हम सब क्रमशः परिचित होते जा रहे थे और उसके सुंदर और बड़े बैग्स। 'बड़ा सुंदर और कितना बड़ा बैग सपना'! शुभा ने थोड़ा हंसते हुए व्यंग्यात्मक लहजे में कहा।

'अरे! उसके बॉयफ्रेंड ने दिया है', विशाखा आंखें मटकाते हुए बोली। मेरे लिए यह बात बिल्कुल अचंभे वाली थी या शायद ऐसी जिसे मैं सामान्य रूप से नहीं ले पाती शायद मध्यमवर्गीय शहर की पृष्ठभूमि कारण रही हो जहां किसी को पसंद करना तो मुझे मान्य लगता था पर ब्वॉयफ्रेंड, गर्लफ्रेंड बताने में एक अपराध बोध सा प्रतीत होता पर महानगरों की बात अलग है, यहां तो हर किसी का बॉयफ्रेंड, गर्लफ्रेंड है तो सपना का भी है इसमें अजीब कैसा, पर मैं अपने मन का क्या करूं उससे तो अजीब लग रहा था। अभी तक सपना के सकारात्मक पहलू मेरे सामने थे आज एक पहलू जो मेरी नजर में नकारात्मक था, सामने था। उपहारों का लेनदेन साथ में घूमना...क्या है यह!...पर सपना में ऐसा क्या था कि इस बात को भी मेरा मन स्वीकारता चला गया।

मैंने भी कहा, 'सपना जो घूम फिर रही हो तो शादी भी उसी से करना।'

सपना बस मुस्कुरा देती। उसका उत्तर न हाँ होता और न नहीं।

कॉलेज है तो परीक्षाएं हैं, परीक्षाएं हैं तो कॉपियाँ हैं। कॉपियाँ समय से जांची जाए इस बात को लेकर होड़ लगी रहती। घरेलू परीक्षाओं में भी कॉपियां चेक करने की होड़। कॉलेज के स्टाफ रूम में पहुंचते ही शोर सुनाई पड़ा-

'कौन करेगा मेरी कापियों का करेक्शन, रिजल्ट कैसे बनेगा?' सायली

जोर-जोर से चीख रही थी। 'हुआ क्या? किसकी बात हो रही है?' मैं सोच में पड़ गयी।

'मैथ की कापियां चेक करने के लिए किसी को दे नहीं सकते, मेरे क्लास का रिजल्ट कैसे बनेगा?' सायली की कर्कश आवाज पूरे स्टाफरूम में गूंज गयी।

'सपना की मां नहीं रही और तुम्हें कापियों की पड़ी है!' शुभा सायली पर विफर पड़ी।

'क्या सपना की माँ नहीं...' वाक्य अधूरे ही छूटते जा रहे थे और मेरे मन में दर्द और पीड़ा का समंदर हाहाकार कर रहा था। छोटी सी सपना बिना माँ के। माँ कैंसर से पीड़ित थी पर मां का होना ही अपने आप में संपूर्ण भरता है। गुस्से से भरी तिलमिला गई थी मैं...ये रूखे लोग नहीं समझेंगे दूसरे की पीड़ा और दर्द। महानगरों का रूखापन साफ झलक रहा था कुछ चेहरों पर।

कहते हैं वक्त कितना भी कठिन हो गुजर जाता है। वक्त गुजरा और सपना अपने सब दुख कष्ट को समेटकर कॉलेज आयी और धीरे-धीरे कुछ समय बाद उसकी चहक से स्टाफरूम फिर से गुलजार होने लगा।

नया एकेडमिक सेशन शुरू हो गया था इसलिए कुछ नई बात हो और सपना तो हमेशा कुछ नया करने को तैयार। नया खून, नया जोश, उत्साह, उमंग से भरा हुआ व्यक्तित्व था सपना का व्यक्तित्व। 'क्यों न हम लोग इंटरकॉलेजिएट डांस कॉम्पटीशन रखे।' सपना पूरे जोश से कहा। मैं भी तो कुछ ऐसा ही रचनात्मक करना चाहती थी। मैं और मेरे मित्र जो सचमुच मेरे मित्र थे उन्होंने अपनी स्वकृति दे दी और फिर बाकी टीचर्स ने भी हामी भर दी।

सपना के साथ ये प्रस्ताव हमने प्रिंसिपल और मैनेजमेन्ट के सामने रखा, प्रस्ताव पास भी हो गया।

सपना को इस इवेंट के प्रमुख बनाया गया मैं और मेरे मित्र तो बहुत खुश हुए पर कुछ शिक्षकों की आंखों में ईर्ष्या की चिंगारी दिखाई पड़ने लगी- 'सपना को क्यों प्रमुख बनाया गया, हम भी तो सीनियर हैं वगैरह-वगैरह।'

सब की सलाह से इवेंट का नाम रखा गया 'खनक' आखिर अंतर महाविद्यालय नृत्य प्रतियोगिता जो थी। हम सभी शिक्षक अपना-अपना काम बखूबी कर रहे थे लेकिन सपना अपने सपने को साकार करने में लगी थी यानी भागदौड़ बड़ी-बड़ी हस्तियों को बुलाने की जद्दोजहद, स्पॉन्सर्स के लिए दौड़ना, कार्यक्रम की योजना...आदि।

मैं सांस्कृतिक प्रमुख थी इसलिए मेरा और सपना का संपर्क बहुत अधिक था।

सौम्या मैम! आज मैं शिल्पा के सेट पर जा रही हूं देखते हैं प्रोग्राम में आती है या नहीं...आज एलएनटी के ऑफिस जाना है...' शायद इन सारे समय के बीच मैंने पाया उसका बड़ों के प्रति सम्मान, हर बात में हमारी राय लेना, बच्चों के बीच उसकी लोकप्रियता साथ ही नेतृत्व क्षमता, यह सारे गुण शिक्षकों की आंखों में चुभने लगे। यह सब देखकर मैं अचंभित थी। इतना द्वेष, इतनी ईर्ष्या जलाकर खाक कर देगी इन्हें...।

कार्यक्रम बहुत सफल हुआ। बड़ी-बड़ी हस्तियां आयीं। कॉलेज का पेपर में नाम आया और साथ ही सपना को भी यश मिला बहुत खुश हुए, हम सब झूम उठे। नहीं शायद सब नहीं हममें से कुछ लोग खुश थे...कुछ को तो सपना की सफलता काट रही थी-

'एक जूनियर टीचर को इतना इम्पोर्टेंस' ये थी उनकी भावना सपना के प्रति जो धीरे-धीरे अब उनके व्यवहार में परिवर्तित होने लगी थी। अब कॉलेज में जो भी काम हो उसमें सपना की आलोचना करना, उसके पीछे पड़ना, उसकी हर बात को काटना शुरु हो गया था। हम कुछ शिक्षक सपना के साथ थे और उसके लिए कुछ नहीं कर पा रहे थे लेकिन सपना के व्यक्तित्व में एक साहस और दृढ़ता थी जो सब से मोर्चा लेने को तैयार रहती थी।

सपना की मेहनत, लगन और उत्साह उसकी बहुत सारी कमियों को ढक लेता था।

'मैं अपने बॉयफ्रेंड से शादी नहीं करूंगी' सपना स्टाफरूम बैठे हुए बोली।

'लेकिन बर्थडे गिफ्ट लेती है, घूमती है तो शादी क्यों नहीं...' मैंने उसे अपनी मध्यमवर्गीय पारंपरिक दृष्टि से इस विषय पर थोड़ा गुस्सा करते हुए समझाया। उसका अपने ऊपर पैसे खर्च करना, अपने जन्मदिन के लिए पन्द्रह दिन पहले से तैयारी करना, विद्यार्थियों के साथ डांस करना...सच में सपना अपने आप में अनूठी थी। यह आधुनिक लड़की अपूर्व ऊर्जा के साथ आगे बढ़ना चाहती थी लेकिन कुछ लोग उसके आगे बढ़ने में बाधक थे, जलते थे सपना से। सपना यह सब सहने वालों में से नहीं थी।

मैं लेक्चर से लौटी तो शुभा ने गुस्साते हुए कहा, 'देखो सौम्या! सपना ने क्या किया' मैं विस्मय में थी...क्या हुआ।

'ऐसे कोई लिखता है क्या!'

'क्या लिखा है बोलो तो...'

'दे आर हैरीसिंग मी टू मच...अगर मुझे कुछ भी होता है तो इसके जिम्मेदार वे ही होंगे', सपना ने स्टाफरूम में घुसते ही हंसते हुए कहा।

'क्या सपना, क्या तरीका है ये...', मैं गुस्सा पड़ी।

'नो मैम! कुछ गलत नहीं...मुझे उन्हें सबक सिखाना ही था', सपना की आवाज तेज हो गयी थी।

'क्या तरीका है यह, सही नहीं किया सपना तुमने...बहुत बड़ी गलती कर दी, ठंडे दिमाग से काम लेना था', मैं खुद से बोले जा रही थी।

...और फिर स्वार्थ, जलन, ईर्ष्या कॉलेज की घटिया राजनीति ने सपना का सपना तोड़ दिया।

आज आँखे भरी थीं दो नहीं कई आँखे और आंखों से बरस रहीं थीं उदासियां। आज कॉलेज का आखिरी दिन था। अब गर्मी की लंबी छुट्टी मिलेगी, बाहर घूमने की तैयारी पर यह सब धुंधलके में खोने लगा। सपना आंखों से आंसू छलके पड़ रहे थे। 'क्या हुआ सपना?' सपना न्यूज पेपर हमारी ओर बढ़ाया।

'यह क्या?' कॉलेज में मैथ्स टीचर के लिए वेकेंसी! क्यों, किसलिए क्योंकि सपना ने कॉलेज में काम किया या उसने कॉलेज के इतने बड़े कार्यक्रम का सपना न केवल देखा बल्कि उसे साकार भी किया या कि इसलिए कुछ शिक्षकों की अपेक्षा वह अधिक महत्वपूर्ण हो गई...उसे क्या चाहिए था सब कुछ तो नहीं लेकिन...

सपना चली गई, उसकी सीट खाली थी कोई न कोई तो भरेगा उसे पर उसकी जगह तो कोई नहीं ले सकता जो हम सबके मन में बनी थी।

लेक्चर लेने जाओ तो कभी उसकी फंसी आवाज कानों में बजने लगती, कॉलेज के ग्राउंड में कभी सपना विद्यार्थियों के साथ नाचती दिखाई पड़ती और कभी स्टाफ रूम में लगता कि वह आकर बोलेगी 'चलो न मैम डांस करते हैं या खो खो खेलते हैं।' सच! सपना की हर बात मेरे सामने एक चलचित्र की तरह घूम रही थी और हृदय पीड़ा से भरता जा रहा था।

नया शैक्षिक सत्र शुरू हो रहा था, नहीं मुझसे नहीं हो पाएगा अब कुछ, कलचरल इवेंट फिर से करना...नहीं मैं कैसे कर पाऊंगी, सपना होती तो...पर वो नहीं है।

कॉलेज का सारा स्टाफ अपने कार्य को बखूबी कर रहा था। हर शैक्षिक सत्र के शुरू में अफरा-तफरी रहती है वह शुरू हो गई थी पर मैं नहीं कर पा रही थी अपना काम।

'शुभा! मैं क्या करूं...कहां से लाऊं वो उत्साह, कुछ मन नहीं लग रहा किसी काम में।'

'सौम्या होता है ऐसा कभी-कभी...तुम विद्यार्थियों को देखो और उनके लिए काम करो एंड बी प्रोफेशनल', शुभा ने स्नेह से समझाते हुए कहा।

'हाँ शुभा मैं कोशिश करूंगी...कोशिश...' बोलते हुए मेरी आवाज रुंध गई।

शुभा के शब्दों का असर मुझ पर धीरे-धीरे होने लगा। विद्यार्थियों की कोई गलती नहीं इसमें हां मुझे उनके लिए अपने उत्साह को जगाना होगा एंड आई हैव टू बी प्रोफेशनल 'और मैं प्रोफेशनल होने की कशिश में जुट गई।'

इति शुभम!

❑❑❑

महकते रिश्ते

✍ डॉ. रंजना जायसवाल

रिया को मायके आए सिर्फ दो दिन ही हुए थे। माँ को गए दो साल हो गए थे। माँ के जाने के बाद एक अजीब-सा खालीपन उसे महसूस होता था। पापा पहले से ज्यादा बूढ़े लगने लगे थे। पापा को देखकर अब यही लगता था, शायद इंसान को अपने जीवन साथी की आवश्यकता बुढ़ापे में सबसे ज्यादा होती है। रिया राहुल से तीन साल छोटी थी, राहुल भैया और अनुष्का भाभी दोनों ही नौकरीपेशा थे। उन दोनों का इकलौता बेटा अक्षय...घर भर का दुलारा था।

अक्षय...जिसकी बातें खत्म ही नहीं होती थी दिन भर बातों का पिटारा खोले बैठा रहता। पापा कभी उसके साथ कैरम खेलते तो कभी वीडियो गेम। सच कहते हैं लोग बच्चे और बूढ़े एकदम एक जैसे ही होते हैं। भाभी जब नाश्ते के समय दोनों के सामने दूध का गिलास रखती तो दोनों की शक्लें देखने लायक होती। रोज-रोज एक से एक बहाने अनुष्का के सामने पेश किए जाते।

'बहू इस उम्र में दूध नहीं पचता, वैसे भी मेरी उम्र क्या दूध पीने की है...तुम लोग जवान हो दिनभर भाग-दौड़ करते हो। मेरा क्या है दिन-भर घर में ही तो पड़ा रहता हूँ।'

पर अनुष्का भी कम जिद्दी नहीं थी...उसके आगे पापा की एक नहीं चलती और पापा को मन मार कर दूध पीना पड़ता। भाभी जल्दी-जल्दी घर के कामों को निपटा रही थी, जब से मैं आई थी भैया को एक दिन भी फुर्सत नहीं मिल पाई थी। मार्च का महीना था क्लोजिंग का टाइम था। भाभी ने मेरी वजह से दो दिन की ऑफिस से छुट्टी ले रखी थी। आज भी उन्होंने आधे दिन की छुट्टी ले रखी थी। कभी-कभी मुझे लगता भी था कि मैं इतनी दूर से उन सब से मिलने आई हूँ...पर मेरे लिए किसी के पास वक्त नहीं...पर मैं कर भी क्या सकती थी। सोचते सोचते मेरी आँखें भर आती थी।

माँ अक्सर कहती थी...माँ से मायका, नानी से ननिहाल शायद माँ सच ही कहती थी। माँ जब जीवित थी तो मेरे लिए कितना छटपटाती रहती थी।

भाभी पापा को दवाइयाँ समझा रही थी, 'पापा जी ब्लड प्रेशर की दवा खा लीजिएगा और इमरजेंसी वाली दवा आप के सिरहाने के पास रखी है। भूलियेगा नहीं, आप की घड़ी में अलार्म लगा दिया है। समय पर दवा खा लीजिएगा।'

भाभी ने रिया की तरफ देखा, 'रिया!...मैं दो बजे तक आ जाऊंगी। सब्जियाँ मैंने बना कर रख दी है, खाना बनाने वाली आ जाएगी। तुम परेशान मत होना गरम-गरम रोटी खाई जाएगी, साथ ही खाना खाएंगे।'

रिया के चेहरे पर हल्की सी मुस्कुराहट थी...

'जी भाभी!...'

'अच्छा पापा जी मैं चलती हूँ...कोई भी जरूरत हो तो फोन कर दीजिएगा। रिया कौन सी आइसक्रीम खाओगी मैं लौटते वक्त लें आऊँगी।'

'मम्मा!...मेरे लिए बटरस्कॉच लाना...दो-दो।'

'हाँ-हाँ बाबा तुम्हारे लिए मैं बटरस्कॉच ही लाऊँगी। पापा जी मेरी तरफ तरह इस तरह मत देखिये, आपको आइसक्रीम नहीं मिलेगी। रिया परसों ही शुगर की रिपोर्ट आई है। पापा जी के शुगर की रिपोर्ट एकदम बॉर्डर पर है।'

पापा का चेहरा उतर गया और वह मायूस से हो गए।

'थोड़ा सा दे देना बेटा!'

शब्द पापा के गले में अटक गए।

'नहीं!...बिल्कुल नहीं मिलेगी।'

अनुष्का ने बड़ी सख्ती से कहा, रिया आश्चर्य से पापा और भाभी की बातों को सुन रही थी। पापा चुपचाप अपने कमरे में जाकर लेट गए। अनुष्का ने रिया की आँखों में तैर आए प्रश्नों को महसूस कर लिया था। उसने रिया के हाथों को बड़े ही प्यार से अपने हाथों में लेकर कहा, 'तुम्हें शायद अच्छा नहीं लगा कि मैंने पापा जी को इस तरह से मना कर दिया पर मैं भी क्या करूँ। मम्मी जी के जाने के बाद मैं बहुत अकेली पड़ गई हूँ। पापा जी का भी स्वास्थ्य बहुत ठीक नहीं रहता। जब तक मम्मी जी थी उनके खाने-पीने का ध्यान रख लेती थीं...पर अब। उनके अलावा हमारा इस दुनिया में और हैं ही कौन। अगर मैंने ऐसी सख्ती न दिखाई तो पापा बिल्कुल लापरवाह हो जाएंगे।'

भाभी के मुँह से अपने पापा के लिए ऐसे विचार देख कर न जाने क्यों रिया का मन भर आया।

'भाभी आप को ऑफिस के लिए लेट हो रही है न। जाइये...फिर आपको आना भी तो है आप परेशान न होइए...मैं घर पर हूँ। मैं सब देख लूँगी।'

रिया ने अनुष्का के गालों को थपथपाते हुए कहा। इन दो सालों में कितना कुछ बदल गया था। अनुष्का रिया से एक साल बड़ी थी। आज भी वह दिन

याद है जब माँ हमेशा उसके पीछे पड़ी रहती थी...कोई भी काम ठीक से नहीं करती। माँ हमेशा कहती थी कि मेरे मरने के बाद न जाने कैसे गृहस्थी संभालेगी ...काश आज माँ होती काश!

माँ कितनी खुश होती...पर क्या सचमुच माँ खुश होती। क्या सच में भाभी ने ज्यादा जिम्मेदारी के साथ गृहस्थी को सम्भाल लिया है। रिया इसी उहापोह में पड़ी हुई थीं, तभी पापा ने आवाज लगाई।

'रिया तेरी बुआ का फोन आया है...आकर बात कर लो।'

'आती हूँ पापा!...नमस्ते बुआ...कैसी हैं आप।'

'खुश रहो बेटा और तुम बताओ...दामाद जी कैसे हैं और बच्चे सब ठीक है न...वो भी आए हैं न।'

'नहीं बुआ जी...वो दोनों तो समर कैंप के लिए नैनीताल गए हैं। घर मे पड़े-पड़े बोर हो रही थी...सोचा अच्छा मौका है पापा से भी मिलना हो जाएगा। इसलिए चली आई...।'

'बहुत अच्छा किया बेटा। तेरी माँ के जाने के बाद तो तेरे पापा जैसे चुप से हो गए हैं। कभी-कभी आ जाया करो उनका भी मन लगा रहेगा। अब हम लोगों का क्या भरोसा...कब ऊपर वाले के यहाँ से बुलावा आ जाए।'

बुआ ने बड़े बुझे स्वर में कहा।

'अरे ऐसा क्यों कह रही है बुआ।'

'सच ही तो कह रही हूँ...खैर छोड़ो, तुम बताओ अनुष्का घर पर है कि नौकरी पर चली गई।'

'बस भाभी अभी निकली ही है ऑफिस के लिए...।'

बुआ जी की आवाज का स्वर ही बदल गया, 'अरे ननद चार दिन के लिए घर आई है और मैडम नौकरी पर चली गई। आग लगे ऐसी नौकरी को। ये कोई बात हुई।'

'अरे ऐसी कोई बात नहीं बुआ...भाभी दोपहर में आ जाएगी।'

'मुझे न समझाओ बिटिया। ये बाल यूँ ही धूप में सफेद नहीं किये। आजकल की लड़कियाँ घर-बार छूट जाए पर नौकरी नहीं। अरे ऐसी क्या कमी है...सब कुछ तो है, राहुल अच्छा खासा तो कमाता है, तुम्हारे पापा बता रहे थे कि पिछले साल ही प्रमोशन हुआ है। अरे अब तो तुम्हारी माँ भी नहीं रही। अपनी जिम्मेदारी समझनी चाहिए।'

रिया बुआ जी की बातों को सुनकर सोच में पड़ गई...गलत तो नहीं कह रही थी बुआ जी।

'अच्छा बुआ फोन रखती हूँ...पता नहीं अक्षय क्या कर रहा है जरा उसको

भी देख लूँ।'

'हाँ-हाँ बेटा...तेरी भी क्या किस्मत है न ससुराल में सुख न मायके में।'

रिया कुछ बोल नहीं पाई। रिया के चेहरे पर एक अजीब सा असमंजस का भाव उभर आया था। पापा बहुत ध्यान से उसके चेहरे के भावों को पढ़ने का प्रयास कर रहे थे। अचानक रिया की आँखें पापा की आँखों से टकरा गई, उसे लगा कि पापा उसकी व्याकुलता को समझ तो नहीं गए पर पापा ने कुछ भी नहीं कहा।

'रिया बेटा जरा इस नंबर पर फोन तो मिला...।'

'क्या हुआ पापा किसका नंबर है।'

'अरे आज रिया की नौकरी के पाँच साल हो गए न, राहुल के पास तो टाइम नहीं है कि उसे कहीं घुमा-फिरा आए...। सोचा घर पर ही केक मंगा लूँ।'

रिया के चेहरे पर एक अजीब सा आश्चर्य का भाव था...पर पापा तो अपनी ही दुनिया में मग्न थे।

'ऐसा है अक्षय को कुछ न बताना...पूरा लाउडस्पीकर है, सारा सरप्राइस धरा का धरा रह जाएगा।'

रिया बार-बार सोच रही थी कितना कुछ बदल गया था घर में हर व्यक्ति एक-दूसरे के बारे में कितना सोचने लगा था। काश उसके घर वालों ने भी...। तभी दरवाजे की घंटी बजी रिया की नजर घड़ी पर गई। हाथों में सामान का थैला लिए अनुष्का ने कदम रखा। रिया ने दौड़कर हाथ के सामानों को पकड़ लिया...

'थैंक यू रिया!...बाहर बहुत है धूप है कुछ भी दिखाई नहीं दे रहा। खाना बनाने वाली आ गई है न?'

'हाँ भाभी!...'

'बस दो मिनट रुको मैं हाथ-पैर धोकर आती हूँ। पापा जी और अक्षय को भी बुला लो, सब साथ खाना खायेंगे।'

रिया अक्षय और पापा को बुलाने के लिए चली गई। अनुष्का जल्दी से कपड़े बदल कर आ गई। स्वादिष्ट खाने ने सभी कि भूख को और भी बढ़ा दिया था, तभी दरवाजे पर घंटी बजी। पापा के चेहरे पर एक रहस्यमय मुस्कुराहट थी। रिया ने उठने का उपक्रम किया...पर पापा ने न जाने क्या सोचकर भाभी की तरफ देखा, 'अनु! बेटा देखो तो कौन है...?'

'जी पापा...अभी देखती हूँ।'

और भाभी खाना छोड़ कर दरवाजा खोलने के लिए चली गई, 'अनुष्का गुप्ता...!'

'जी...मैं ही हूँ।'

'आपके लिए पार्सल है।'

'मेरे लिए! मुझे कौन बुके और केक भेजेगा आज तो मेरी बर्थडे भी नहीं है।'

अनुष्का ऊहापोह में फंसी सामान लेकर घर में घुसी।

'क्या हुआ...कौन था बेटा।'

'पापा डिलीवरी ब्वॉय आया था पता नही किसी ने मेरे नाम से गिफ्ट भेजा है मुझे कोई गिफ्ट क्यों भेजेगा। आज तो मेरा बर्थडे भी नहीं!'

'अरे इसमें परेशान होने जैसी क्या बात है गिफ्ट तो खोलो। देखो हो सकता है भेजने वाले का नाम पता लिखा हो।'

पापा ने मुस्कुराते हुए कहा, रिया पापा के चेहरे की मुस्कुराहट को देख रही थीं। अनुष्का ने जल्दी से अपने हाथ धोए और जल्दी-जल्दी केक के डिब्बे को खोलने लगी। अनुष्का की मुश्किलें और भी बढ़ती जा रही थी।

'अरे भेजने वाले को कैसे पता कि मुझे पाइनएप्पल केक बहुत पसंद है।'

उसने जल्दी-जल्दी बुके को उलट-पुलट कर देखना शुरू किया एक सुंदर सा कार्ड बुके में मुस्कुरा रहा था। अनुष्का ने जल्दी से लिफाफे को खोला।

'नौकरी की पांचवी वर्षगांठ पर तुम्हें बहुत सारी शुभकामनाएं और आशीर्वाद और उन हर छोटी-छोटी चीजों के लिए धन्यवाद...जिसका तुमने ध्यान रखा। कभी माँ बनकर...कभी बेटी बनकर...तुम्हारे पापा जी।'

पापा के चेहरे पर एक संतोष भरी मुस्कान थी। भाभी की आँखों से झर-झर कर के आँसू बह रहे थे। भाभी की इस तरह रोता देखकर रिया की आँखें भर आईं।

'थैंक यू पापा थैंक यू सो मच...'

पापा ने भाभी के सर पर हाथ रख कर कहा, 'तुम दिन भर मेरे नखरे मेरे गुस्से को बर्दाश्त करती हो...तुम मेरे लिए इतना कुछ करती हो क्या मैं तुम्हारे लिए इतना भी नहीं कर सकता।'

भाभी के चेहरे पर मुस्कान तैर गई।

'थैंक यू सो मच पापा...आपका ये सरप्राइस मैं कभी नहीं भूल पाऊँगी।'

तब पापा ने एक शरारती बच्चे की तरह कहा...

'...तो इसी बात पर खिलाओ, आइसक्रीम।'

रिया और अनुष्का खिल-खिला कर हँस पड़े। अनुष्का ने सभी को आइसक्रीम परोसी, पापा आइसक्रीम का कप लिए अपने कमरे की ओर बढ़ गए।...पता नहीं क्या सोच-सोचकर रिया का मन उसे बार-बार कचोट रहा था।

वह समझ नहीं पा रही थी इन तीन दिनों में उसने जो कुछ भी देखा और समझा उसके लिए वह खुश हो या दुखी। पापा ने न जाने कैसे उसके मनभावों को पढ़ लिया।

'रिया बेटा...चलो मेरे कमरें में। बहुत दिन हो गए तेरे हाथों से सर में तेल नहीं लगवाया...।'

पापा को आज भी याद है जब भी वह उसे ऐसे परेशान देखते तो वह उससे बालों में तेल लगवाने के बहाने मन की सारी बातें उगलवा लेते।'

'क्या हुआ लाडो!...तुम इतना परेशान क्यों हो।'

पापा के मुँह से इतने वर्षों बाद अपना यह नाम सुनकर रिया के अंदर का गुबार फूटकर निकल पड़ा। कितना तरसती थी वह यह शब्द सुनने को। दुनिया, समाज और ससुराल के लिए तो वह सिर्फ रिया ही बन कर रह गई थी। इस दो अक्षर के शब्द में उसकी सारी दुनिया सिमट आई थी।

'पापा कितना कुछ बदल गया है इन दो सालों में।'

'क्या तुम इस परिवर्तन से खुश नहीं हो! सच बताओ क्या तुमने भी ऐसे ही घर के सपने नहीं देखे थे।

रिया पापा की आँखों में इन प्रश्नों के जवाब ढूंढती रही। क्या कहती वो...बस...कुछ ऐसा ही प्रेम और सम्मान ही तो चाहा था उसने अपने पति, ननद, सास और ससुर की नजर में...। पर इतने सालों में भी वो उनकी नजरों में...दूसरे के घर की लड़की और दूसरे का खून ही तो रही...। रिया पापा के गोद मे सर रख कर लेट गई। पापा ने उसके बालों के सहलाते हुए कहा–

'रिया तेरी माँ को तेरी दादी और बाबा से हमेशा से यह शिकायत रही कि वो उस पर भरोसा नहीं करते, जब जिम्मेदारी की बात हो तो घर तुम्हारा है और जब हक की बात हो तो घर तेरी दादी का हो जाता। मैं और तेरे बाबा घर की शांति के लिए कुछ न बोल पाते। मैं जीवन भर तेरी माँ को यही समझाता रहा कि संतोष करो कभी न कभी तुम्हारी दादी तुम्हारे त्याग और तुम्हारे कर्तव्य को अवश्य समझेगी...। पर तुम्हारी दादी ने अंत समय तक इस बात को नहीं समझा। लोग कहते हैं मरने वाले कि बुराई नहीं कि जाती...पर तुम्हारी माँ ने भी अनुष्का के साथ वही किया।'

तुम जब भी अपने दर्द को अपने माँ से कहती तो मैं वही आस–पास ही होता था। तुम्हारी माँ को मैंने तुम्हारी चिंता में रात–रात भर जागते देखा है पर तुम्हारी माँ ने यह कभी नहीं सोचा कि अनुष्का भी किसी की बेटी है। हम यह जरूर कहते हैं हम बहू नहीं बेटी लाये है पर क्या वास्तव में हम उसे बेटी होने का अधिकार और सम्मान दे पाते हैं।

सच कहूं तो हमें दूसरे की बेटी में अपनी बेटी को कभी नहीं ढूँढ़नी चाहिए। हम उसे सिर्फ एक इंसान या सिर्फ बहू के रूप में भी स्वीकार कर ले तो क्या गलत है। हम बहू से तो बेटी होने की उम्मीद करते हैं पर क्या हम उसके माता-पिता बन पाते हैं।

रिया एकटक पापा को देखती रही, 'रिया ऐसा नहीं है कि मेरे, राहुल, अनुष्का की नजर में तुम्हारा मान इस घर में कम हो गया। तुम आज भी मेरी वही छोटी सी लाडो हो...पर बेटा क्या तुम अपनी घर गृहस्थी छोड़कर मेरी सेवा करने कितने दिन रुक सकती हो। मैंने कितने घर देखे हैं जिनकी संताने उनके साथ भी नहीं रहती। तुम्हारी बुआ अक्सर मुझे फोन करके कहती रहती है कि ये आजकल के बच्चे हमारी क्या सेवा करेंगे...पर बेटा सोचकर देखो एक तरफ हम यह भी कहते हैं कि हमें इन बच्चों से कोई उम्मीद नहीं फिर हम उन्हीं बच्चों से उम्मीद भी करते हैं कि वह हमारी सेवा करें। शायद तुम्हें अनुष्का की सख्ती पसंद नहीं आई हो...पर बेटा इस सख्ती के पीछे छुपे हुए उसकी चिंता के बारे में भी तो सोचो।'

रिया की आँखें भर आई।

'पापा अगर आप जैसी सोच सभी की हो जाए तो किसी की बेटी दुखी न रहें। रिया के चेहरे पर एक सन्तोष का भाव उभर आया। पापा अब मैं आपकी तरफ से पूरी तरह से निश्चिंत हो गई कि भाभी और भैया के रहते आपको कभी कोई तकलीफ नहीं हो सकती। कौन कहता हैं सिर्फ माँ से ही मायका होता है, भाभी भी तो माँ, बहन और सहेली हो सकती है।'

❑❑❑

प्यार है नाम तुम्हारा

✍ डॉ. जया आनन्द

'हैलो कौन'

'पहचानो'

'कौन है'

'अरे यार भुला दिया हमें' और एक खिलखिलती हुई हँसी फोन पर सुनाई पड़ी।

'अरे स्नेहा! तुम...इतने दिनो बाद, कैसी हो तुम', प्रीति आवाज पहचानते हुए खुशी जाहिर करते हुए बोली?

'प्रीति यार! तुम तो मेरी पक्की वाली सहेली हो, तुमसे कैसे दूर रह सकती थी, ऐसे भी दोस्ती निभाने में हम तो नंबर वन है। बहुत सारी बातें करनी है मुझे तुमसे, अच्छा मेरा फोन नंबर लिख लो, अभी मुझे हॉस्पिटल जाना है, कल बात करते है, स्नेहा ने जल्दी से फोन रख दिया।

'हॉस्पिटल'...प्रीति कुछ चिंतित हो उठी।

'आखिर उसे हॉस्पिटल क्यों जाना है', नेहा मन ही मन बुदबुदा रही थी।

प्रीति के मन में स्नेहा की स्मृतियाँ चलचित्र की तरह तैर गयी।...कॉलेज में फॉर्म भरने की लाइन में प्रीति खड़ी थी लाल रंग के पोल्का डॉट का सूट पहने और उसी लाइन मे स्नेहा काले रंग के पोल्का डॉट का सूट पहने खड़ी थी, उन दिनो पोल्का डॉट का बड़ा फैशन था...।

'गम है किसी के पास', स्नेहा जोर से बोली, स्नेहा को फॉर्म पर फोटो चिपकानी थी।

'हाँ है, देती हूँ', प्रीति ने मुस्कुराते हुए गम की छोटी सी शीशी स्नेहा को थमा दी बदले मे स्नेहा ने भी अपनी मुस्कान बिखेर दी।

फॉर्म सब्मिट कर बाहर निकलते हुए स्नेहा चपल मुस्कान के साथ प्रीति की ओर मुखातिब हुई।

थैंक्यू सो मच, फॉर्म से मेरी फोटो निकल गयी थी, मैं तो घबरा गयी

थी कि क्या होगा अब...

'थैंक्यू कैसा...चलो आओ, उधर सीढ़ियों पर थोड़ी देर बैठते हैं, प्रीति बीच में ही बोल पड़ी।

प्रीति, स्नेहा दोनों वहाँ अकेले थे और दोनों को शायद इसलिए एक-दूसरे का साथ मिल गया था।

'अच्छा तुम्हारा नाम क्या है?'

'स्नेहा ढोले'

'और तुम्हारा?'

'प्रीति सक्सेना...अरे वाह! हम दोनों के नाम भी कितने मिलते हैं...और हमारी ड्रेसस भी', प्रीति आश्चर्य मिश्रित खुशी के साथ बोली।

'...वैसे ढोले क्या?'

'हम गढ़वाल के हैं',...स्नेहा ने उत्तर दिया।

प्रीति गौर से स्नेहा को निहार रही थी। बड़ी-बड़ी आँखे, तीखी नाक, गुलाब की पंखुड़ियों जैसे होंठ, दमकता हुआ रंग, मतलब सुंदरता के पैमाने पर तराशा हुआ चेहरा थी स्नेहा और पहाड़ी निश्च्छलता से सराबोर उसका व्यक्तित्व।

'क्या हुआ', स्नेहा ने टोका।

'न...न...नहीं...बस ऐसे ही', प्रीति मुस्कुरा कर रह गयी।

'तुम कितने भाई-बहन हो?' स्नेहा ने पूछा।

'एक भाई-बहन।'

'हम भी एक भाई-बहन हैं...कितना कुछ मिलता है हममें न...', स्नेहा जोर से खिलखिलाते हुए बोल पड़ी।

'हाँ...सच में', प्रीति भी आश्चर्य से भर गयी थी।

'...तो आज से हम दोनों दोस्त हुए', दोनों ने एक साथ हाथ पकड़ कर हंसते हुए कहा।

लखनऊ अमीनाबाद कॉलेज से निकल कर दोनों ने पाकीजा जूस सेंटर पर ताजा ताजा मौसमी का जूस पिया क्योंकि दोनों को ही मौसमी का जूस बहुत पसंद था और इस तरह शुरू हुई दोनों की दोस्ती।

लोग कहते हैं दोस्त हम चुनते हैं पर प्रीति का मानना है कि दोस्ती भी हो जाती है जैसे उस दिन स्नेहा से उसकी दोस्ती हो गयी थी...

प्रीति स्नेहा की यादों को एक सिरे से समेट रही थी। उसने पुराने एलबम निकाले, एक फोटो थी एन.सी.सी. कैंप की जिसमे वो खुद और स्नेहा पैरासीलिंग कर रहे थे, प्रीति को कैंप की याद हो आई...'यार वो लड़का कितना हैंडसम है...बस एक नजर देख ले...स्नेहा ने चुहलबाजी करते हुए कहा।

'क्या स्नेहा हर समय लड़को को देखती रहती हो', प्रीति गंभीरता ओढ़ कर बोली।

'अरे यार एन.सी.सी. में हमारे कैंप लड़कों से अलग हो जाते हैं तो नैन सुख तो ले ही सकते हैं न...', स्नेहा बोलते-बोलते जोर से हँस पड़ी थीं।

प्रीति और स्नेहा दोनों ने ही ग्रेजुएशन में एन.सी.सी. ली थी और पहली बार दोनों घर से दूर कैंप गयीं थीं। साथ-साथ खाना, साथ-साथ रहना, साथ-साथ परेड करना...लगभग सारे काम साथ...उनकी दोस्ती और गहरी होती जा रही थी।

'कितने गंदे पैर लेकर आई हो', स्नेहा ने डाँटते हुए कहा।

'अरे यार आज मेरी सफाई की ड्यूटी थी सो पैर में कीचड़ लग गया', प्रीति भी गुस्सा पड़ी।

'...हम्म...कैंप की सफाई कर खुद को गंदा कर लिया', स्नेहा बड़बड़ाती जा रही थी।

स्नेहा तुरंत उठी और एक तौलिया लेकर प्रीति का पैर बड़ी ही तन्मयता के साथ साफ करने लगी। प्रीति स्नेहा का यह रूप देख कर हैरान थी...स्नेहा को उसका पैर साफ करने मे तनिक भी संकोच नहीं हुआ...एक मातृवत भाव के साथ वह यह सब कर रही थी...कहाँ से आई उसके अंदर यह भावना...शायद उसकी परिस्थितियाँ..., नेहा सोच मे पड़ गयी।

एक दिन पाकीजा जूस सेंटर से जूस पीते-पीते प्रीति ने कहा- 'स्नेहा आज चलो मेरे घर, मेरे माँ-पापा से भी मिलो।'

स्नेहा उस दिन प्रीति के घर गयी, उसे नेहा के यहाँ बहुत अच्छा लगा।

'कितने अच्छे हैं तुम्हारे माँ-पापा और तुम्हारी प्यारी सी दादी...माँ ने कितने अच्छे पकोडे बनाए'...स्नेहा बिना रुके बोले जा रही थी...अचानक मुस्कुराई...'और तुम्हारा भाई भी बहुत अच्छा है' शरारत के साथ आँखे मटकाते अपने चिर-परिचित अंदाज मे स्नेहा बोल पड़ी, प्रीति भी स्नेहा के इस अंदाज को बखूबी समझ चुकी थी, वह भी हँस पड़ी।

'अब मुझे भी अपने घर ले चलो', प्रीति ने स्नेहा से कहा।

'मेरे घर...' स्नेहा कुछ हिचकिचा गयी।

'ले चल स्नेहा, तुम्हारा घर तो सीतापुर रोड पर खेत खलिहानों के पास है, बहुत मजा आएगा।'

'हम्म...अच्छा कल चलना', स्नेहा का स्वर कुछ धीमा पड़ गया था।

'कितनी सुंदर जगह है तुम्हारा घर, हरे-भरे खेतों के बीच,...प्रीति, स्नेहा का घर देख कर खुशी से झूमी जा रही थी। स्नेहा का घर कच्चे रास्तों से गुजरता

था। घर पहुँचते ही स्नेहा ने अपनी दादी माँ से मिलवाया। 'ये हैं मेरी सबसे प्यारी दादी तुम्हारी दादी की तरह और दादी! ये है मेरी पक्की वाली दोस्त प्रीति', स्नेहा ने बड़ी गर्मजोशी से मिलवाया। स्नेहा ने फिर गरमागरम छोले चावल खिलाए।

'स्नेहा छोले तो बहुत टेस्टी हैं, आंटी ने बनाए होंगे।' प्रीति खाते-खाते बोली।

'नहीं मैने बनाए हैं', स्नेहा कुछ गंभीर हो गयी थी।

'तुमने! यार स्नेहा! यू आर आ ग्रेट कुक...वैसे आंटी कहाँ हैं?' प्रीति ने पूछा।

'मम्मी...' स्नेहा की बात अधूरी रह गयी। पीछे वाले कमरे से साँवली-सी साधारण-सी बिखरे बालों के साथ एक महिला वहाँ आ गयी, प्रीति कुछ आश्चर्य से उन्हें देखने लगी।

'मेरी मम्मी...', स्नेहा ने उस महिला का परिचय कराया। प्रीति सोच में पड़ गयी। स्नेहा तो कितनी सुंदर और उसकी मम्मी...साधारण सी, बिखरे बाल, दाँत भी कुछ टूटे हुए...ये कैसे?...कई सारे सवालों से प्रीति घिर गयी थी। स्नेहा की मम्मी कुछ अलग-सी मुस्कान के साथ अंदर चली गयी।

'प्रीति तुम्हे आश्चर्य हो रहा होगा न! मेरी मम्मी ऐसी...दरअसल मेरी मम्मी पहले बहुत अच्छी दिखती थी लेकिन जब मेरा भाई किडनैप हुआ तब से मम्मी की हालत ऐसी हो गयी, भाई तो वापस मिला लेकिन मम्मी तब तक मेंटल पेशेंट हो चुकी थीं।' स्नेहा धीरे-धीरे बोल रही थी।

'उफ्फ...प्रीति ने एक लंबी सांस भरी...कितना दुख है जीवन में...माँ होते हुए भी माँ का प्यार दुलार न मिले...स्नेहा तो अपनी माँ से कोई जिद भी नहीं कर पाती होगी...', प्रीति का मन भरा जा रहा था।

'चलो प्रीति! मैं तुम्हें अपना स्कूल दिखाती हूँ। हमारा स्कूल तो को-एजुकेशन था, एक से एक स्मार्ट लड़के पढ़ते थे...अब तो हम गर्ल्स कॉलेज में आ गये।' स्नेहा ने शायद प्रीति के माथे पर पड़ी सलवटों को देख लिया था और वह माहौल को कुछ हल्का करना चाहती थी।

'स्नेहा! तुम भी न...', प्रीति, स्नेहा दोनों सहेलियाँ जोर से हँस पड़ीं थी...

प्रीति उस एलबम की हर फोटो को बड़े गौर से देख रही थी। वेलकम पार्टी, टीचर्स डे, फेयरवेल, एनुअल फंक्शन..., हर फोटो में प्रीति और स्नेहा छाए हुए थे। दिन हँसते-गाते, पाकीजा जूस सेंटर का जूस पीते हुए बीत रहे थे...पर दिन हमेशा एक से नहीं रहते। ग्रेजुएशन के फाइनल ईयर के आखिरी दिनों में स्नेहा कॉलेज में लगातार अबसेन्ट हो रही थी। प्रीति चिंतित थी...क्या हुआ, क्यों नहीं आ रही है स्नेहा?...पता चला स्नेहा बहुत दिनों से हॉस्पिटल में एडमिट

है...हे भगवान स्नेहा को क्या हो गया! प्रीति परेशान हो उठी।

प्रीति हॉस्पिटल पहुँची जहाँ स्नेहा एडमिट थी। स्नेहा का चेहरा बिल्कुल स्याह पड़ चुका था, आँखे गड्ढे में चली गयी थी, चेहरा फीका-फीका सा लग रहा था, देह जैसे हड्डी का ढाँचा...प्रीति को स्नेहा का वो दमकता हुआ सौंदर्य याद आ गया...और अब...।

'आओ प्रीति...एक कमजोर सी आवाज और फीकी मुस्कान के साथ स्नेहा बोली। प्रीति उसके पास रखे स्टूल पर बैठ गयी और स्नेहा का हाथ पकड़ते हुए पूछा, 'क्या हो गया स्नेहा!...किसी को कुछ बताया भी नहीं, अकेले-अकेले ही सारे दुख झेलती रही।'

'नही...नहीं प्रीति, कुछ पता ही नहीं चला...पहले फीवर और हल्की कमजोरी थी, फीवर की दवा ले लेती थी पर घर का काम भी रहता था और वीकनेस बढ़ने लगी और एक दिन खून की बहुत सारी उल्टियाँ हुई, मेरे पापा तो बहुत घबरा गये फिर यहाँ हॉस्पिटल में एडमिट करा दिया', स्नेहा धीरे धीरे सारी बाते प्रीति को बताती जा रही थी।

'...और तुम्हारी मम्मी...', प्रीति ने तुरंत ही पूछा।

'मम्मी को तो कुछ पता ही नहीं चलता...वो...वो तो...', बोलते बोलते स्नेहा रुक गयी और एक गहरी साँस अंदर खीच कर रह गयी।

'पर खून की उल्टियाँ क्यों हुई तुम्हें', प्रीति अगले प्रश्न के साथ तैयार थी।

'...दरअसल मुझे सिवियर ट्यूबरकुलोसिस है...पूरे लंग्स में इन्फेक्शन है...थोड़ा मुझसे दूर ही रहो...', स्नेहा पहले तो कुछ गंभीर थी फिर हँस दी।

'पर स्नेहा तुम्हारा इलाज तो सही हो रहा है ना...यहाँ के डॉक्टर्स अच्छे हैं न!...', प्रीति ने चिंतित स्वर में पूछा।

स्नेहा के चेहरे पर शरारत टपक गयी बोली, 'अरे यार प्रीति! डॉक्टर्स तो अच्छे हैं। एक नहीं दो-दो अच्छे हैं, एक सीनियर डॉक्टर और एक जूनियर डॉक्टर...सीनियर वाला न मेरे गढ़वाल का ही है पर सूरत जूनियर वाले की ज्यादा अच्छी है...।'

'स्नेहा तुम नहीं सुधरोगी...इतनी बीमार हो फिर भी...', प्रीति हंसते हुए उसका गाल सहलाते हुए बोली।

'प्रीति! तो क्या रोती रहूँ हर समय...अब तुमने ही पूछा कि डाक्टर्स कैसे हैं तो मैने बताया...', स्नेहा हल्के गुस्से से बोली। इतने में एक साधारण नयन नक्श का साँवला सा डॉक्टर आया, उसे एग्जॅमिन किया और पूछा, 'स्नेहा जी अब वॉमिटिंग बंद हुई...फीलिंग बेटेर नाउ!'

'हाँ डॉक्टर...', स्नेहा ने धीमे से जवाब दिया। पीछे एक हैंडसम-सा जूनियर डॉक्टर भी साथ था, उसने स्नेहा को कुछ दवाएँ दी और मुस्कुराते हुए चला गया।

'देखा प्रीति! दोनों डॉक्टर अच्छे हैं न!' स्नेहा चहक कर बोली- प्रीति प्यार से स्नेहा को सहलाने लगी और बोली- स्नेहा जल्दी से ठीक हो जाओ परीक्षाएँ भी पास आ रही हैं, मैं तुम्हें नोट्स दे दूँगी। ओके!'

स्नेहा ने भी प्रीति का दूसरा हाथ अपने हाथों से कस के पकड़ लिया और आँसुओं की दो बूँदें उसकी आँखों से ढुलक गयीं। प्रीति अपनी आँखों को छलकने से बचाने के लिए तेज आवाज में बोली, 'माय डियर! गेट वेल सून।' प्रीति भीगी पलकों के साथ वहाँ से चली आई।

परीक्षाएँ पास आ गयीं थीं, स्नेहा की तबीयत पूरी तरह ठीक नहीं हो पाई थी, वह फाइनल्स के एग्जामस नहीं दे सकी। स्नेहा हॉस्पिटल से डिस्चार्ज हो कर अपनी दादी के साथ पहाड़ चली गयी। प्रीति भी आगे की पढ़ाई के लिए दिल्ली चली गयी। वहीं हॉस्टल लेकर पोस्ट ग्रजुएशन करने लगी और साथ में सिविल सर्विसेज की भी तैयारी कर रही थी। उसे दम मारने की भी फुरसत नहीं मिलती। मोबाइल उन दिनों था नहीं जो हर समय दोस्तों से बात कर सके।

लखनऊ घर बात करने के लिए प्रीति हफ्ते में एक बार हॉस्टल के पीसीओ जा पाती थी। प्रीति स्नेहा को याद करती पर बात नहीं हो पाती...'पता नहीं स्नेहा कैसी होगी...उसकी तबीयत...उसकी माँ का क्या हाल होगा।' एक लंबी सांस खीच कर प्रीति किताब खोलकर पढ़ने बैठ जाती।

स्नेहा से मिले हुए प्रीति को दस-ग्यारह महिने हो रहे थे। प्रीति दिल्ली से छुट्टियों में अपने घर आई हुई थी। कहते हैं किसी को शिद्दत से याद करो तो वह मिल ही जाता है, उस दिन भी ऐसा ही कुछ हुआ इसलिए तो स्नेहा ने प्रीति को अचानक ही फोन लगा दिया था...।

...अब प्रीति दूसरे दिन स्नेहा के फोन का इंतजार कर रही थी और साथ ही चिंतित भी थी क्योंकि प्रीति ने हॉस्पिटल जाने की बात कह कर फोन काट दिया था।...कुछ देर बाद फोन की घंटी बजी, नेहा ने पहली बेल बजते ही रिसीवर उठा लिया।

'हेलो स्नेहा!'

'हाँ प्रीति! मैं स्नेहा बोल रही हूँ।'

'स्नेहा! कल तुमने हॉस्पिटल जाने की बात कह कर फोन काट दिया था...क्या तुम्हारी तबीयत ठीक नहीं हुई...', प्रीति ने कुछ घबराते हुए पूछा।

'प्रीति! मुझे कल जाना था हॉस्पिटल डॉक्टर से मिलने।'

'वही तो मैं पूछ रही हूँ स्नेहा! डॉक्टर से मिलने तुम्हें क्यों जाना था?' प्रीति लगभग झुंझला कर बोली।

'प्रीति! जब तुम मुझसे मिलने हॉस्पिटल आई थी तो याद है तुम्हें दो डॉक्टर्स मुझे एग्जामीन करने आए थे...'

'...हाँ...हाँ याद है मुझे...एक तो तुम्हारे पहाड़ के थे और दूसरे एक जूनियर डॉक्टर थे...।'

'हाँ, वो पहाड़ वाले डॉक्टर स्वप्निल जोशी! उन्होंने मुझे बुलाया था', स्नेहा बताने लगी।

– प्रीति तुम्हें याद है न, मेरी तबीयत कितनी खराब थी, खून की उल्टियाँ हो रहीं थीं, मेरा चेहरा कैसा स्याह पड़ चुका था...मम्मी की हालत तो तुम जानती ही हो। जब मुझे हॉस्पिटल में एडमिट कराया तो मेरी हालत बहुत खराब थी, ऐसे में डॉ. स्वप्निल ने ही मुझे एग्जामीन किया, उनकी ही दवाओं से मेरी उल्टियाँ रुकी। थोड़ी तबीयत हल्की हुई, अब जब भी डॉ. स्वप्निल मेरा चेकअप करने आते मुझे आदतन हँसी आजाती...तुम्हें तो पता है मुझसे ज्यादा देर सीरियस नहीं रहा जाता।...उस दिन भी डॉ. स्वप्निल को देख मैं यों ही हँस पड़ी। डॉ. ने पूछा, 'हेलो स्नेहा! फीलिंग बेटर नाउ...!'

'या डॉ...', मैंने मुस्कुराते हुए उत्तर दिया। 'पूरा आराम कीजिए स्नेहा आप और मेडिसिन्स टाइम से लीजिए, पूरे छह महिने का कोर्स है।'

'जी डॉक्टर...' मैं फिर मुस्कुरा उठती, डॉ. स्वप्निल भी मुस्कुरा देते।

एक दिन मैंने शीशे में में अपना चेहरा गौर से देखा तो मैं खुद घबरा गयी ...आँखे धँसी, चेहरा पीला, सारी रंगत चली गयी थी बस नहीं कुछ गया था तो वो थी मेरी हँसी...। मम्मी की चिंता, पापा की चिंता, दादी भी बूढ़ी हो चलीं हैं...कैसे क्या होगा...और मेरी भी तबीयत...भाई भी छोटा है...क्या जरूरत थी भगवान मुझे इस तरह बीमार करने की...बहुत गुस्सा आता मुझे पर इन सबके बीच जिंदगी से नफरत नहीं कर पाती! कुछ भी अच्छा एहसास हुआ तो बरबस ही होंठों पर मुस्कान आ जाती...सो डॉ. स्वप्निल का एहसास भी कुछ अच्छा सा था। डॉ. स्वप्निल से मैं धीरे-धीरे खुलने लगी, उन्हें मेरे घर के बारे में, मम्मी के विषय में बताया। डॉ. स्वप्निल गंभीरता से मेरी बातें सुनते। मुझे भी उनसे बातें करना अच्छा लगता। उस दिन 25 अगस्त को मेरा बर्थडे था, डॉ. स्वप्निल मुझे चेक करने आए तो स्टेथोस्कोप के साथ उनके हाथों में लाल गुलाब के फूलों का बुके भी था। उन्होंने बुके पकड़ाते हुए कहा, 'हैपी बर्थडे स्नेहा!'

'पर आपको कैसे पता चला...', मैंने चौकते हुए पूछा।

'हम्म...स्नेहा वो एक्चुअलि मैंने तुम्हारी फाइल देखी थी वहाँ बर्थडे की

एंट्री थी।...वहीं से पता चला...डॉ. स्वप्निल मुस्कुराते हुए बोले, 'अच्छा तो डॉ. साहब मरीज की सारी अनोट्मी देखते हैं', मैंने भवें तिरछी कर हंसते हुए कहा।

डॉ. स्वप्निल कुछ औकवर्ड फील करने लगे फिर कुछ सीरियस होकर मेरी ओर मुखातिब हुए, 'स्नेहा! आज तुम्हरा बर्थडे है, उपहार तो मुझे देना चाहिए पर एक उपहार मैं तुमसे माँगना चाहता हूँ...'

'...क्या...क्या?' मैंने हैरानी और आशंका से प्रश्न किया।

डॉ. स्वप्निल बिना एक पल की देरी किए हुए कह उठे, 'स्नेहा! मुझसे शादी करोगी?'

मैं आश्चर्य में पड़ गयी, समझ ही नहीं आ रहा था की क्या कहूँ...मेरे कानों से ऐसा लगा मानो गरम हवा निकल रही हो...दिल बैठा जा रहा था...सुन्न सी हालत हो गयी थी मेरी...

मैने लड़खड़ाती जबान से कहा- '...पर डॉ.! मेरी बीमारी...मेरी माँ की हालत...आप कैसे!...' आवाज मानो घुट कर गले में ही अटक गयी।

डॉ. स्वप्निल ने मेरा हाथ पकड़ लिया और कहने लगे, 'स्नेहा! तुम्हारी बीमारी ठीक हो जाएगी, मुझ पर विश्वास करो, मैं तुम्हारे घर की स्थिति को जनता हूँ! ये सब जानते हुए भी मुझे तुम्हारा ही हाथ थामना है, पता है क्यों?, क्योंकि तुमसे मिलकर मेरी दवाओं, इंजेक्शन, ऑपरेशन से भरी रूखी जिंदगी में मुस्कुराहट आ जाती है, मेरी सीरियसनेस में चंचलता आ जाती है...तुमसे मिलकर जिंदगी से प्यार होने लगता है...मेरा खालीपन भरने लगता है...बोलो स्नेहा! मेरा साथ तुम्हें पसंद है!' डॉ. स्वप्निल इतना कहकर नम आँखों से मुझे देखने लगे, मेरी पलाके अनायास ही झुक गयीं। डॉ. स्वप्निल की बातों में उनके हाथों के स्पर्श में भरोसे की खुशबू को मैंने खूब महसूस किया और. .

'और...फिर क्या हुआ', प्रीति ने उछलते हुए पूछा।

'फिर क्या हुआ?...हुआ ये कि इस संडे को मेरी एंगेजमेंट है डॉ. स्वप्निल के साथ...और उस दिन मुझे उन्होंने रिंग पसंद करवाने के लिए हॉस्पिटल बुलाया था...तुम्हें जरूर आना है', स्नेहा बोलते हुए अपनी स्वाभाविक हँसी के साथ हँस पड़ी।

प्रीति बड़ी गर्मजोशी से बोली- 'ओह स्नेहा! तुमने अपनी हँसी में डॉ. को फंसा ही लिया..., सच! मैं बहुत खुश हूँ तुम्हारे लिए, वैसे डॉ. साहब ने ठीक ही कहा कि तुमसे मिलकर वीरान जिंदगी में बहार आ जाती है, बोरिंग जिंदगी रंगीन लगने लगती है और जिंदगी से प्यार होने लगता है...आखिर प्यार है नाम तुम्हारा स्नेहा डियर।'

'...और तुम्हारा भी!' स्नेहा खनकती हुई आवाज मे बोल पड़ी। दोनों

सहेलियाँ एक-दूसरे को फोन से ही मन भरकर महसूस करते हुए जोर से खिलखिला पड़ी...।

इति शुभम।

❑❑❑

www.ingramcontent.com/pod-product-compliance
Lightning Source LLC
LaVergne TN
LVHW051023051026
849532LV00004BA/1351
* 9 7 8 9 3 9 0 5 0 0 4 3 7 *